U0501735

在阅读中成长

"浓情书香·伴您成长"征文优秀作品集

"浓情书香·伴您成长"征文组委会　编

大连出版社
DALIAN PUBLISHING HOUSE

© "浓情书香·伴您成长"征文组委会 2022

图书在版编目（CIP）数据

在阅读中成长："浓情书香·伴您成长"征文优秀
作品集 / "浓情书香·伴您成长"征文组委会编. — 大
连：大连出版社，2022.11
ISBN 978-7-5505-1820-9

Ⅰ.①在… Ⅱ.①浓… Ⅲ.①中国文学—当代文学—
作品综合集 Ⅳ.①I217.1

中国版本图书馆CIP数据核字(2022)第179690号

ZAI YUEDU ZHONG CHENGZHANG

在 阅 读 中 成 长

出 版 人：代剑萍
策划编辑：于凤英
责任编辑：于凤英　金　琦
装帧设计：盛　泉
责任校对：王洪梅
责任印制：刘正兴

出版发行者：大连出版社
地址：大连市高新园区亿阳路6号三丰大厦A座18层
邮编：116023
电话：0411-83620245 / 83620573
传真：0411-83610391
网址：http://www.dlmpm.com
邮箱：dlcbs@dlmpm.com
印刷者：大连金华光彩色印刷有限公司
经销者：各地新华书店

幅面尺寸：150mm×230mm
印　　张：11.5
字　　数：126千字
出版时间：2022年11月第1版
印刷时间：2022年11月第1次印刷
书　　号：ISBN 978-7-5505-1820-9
定　　价：58.00元

版权所有　侵权必究
如有印装质量问题，请与印厂联系调换。电话：0411-85809575

关于本书

　　本书旨在展示阅读之于精神成长的必要性，推广"阅读升华人生"的理念，促进全民阅读。全书分"大家谈阅读""书香能致远""开卷润童心"三个篇章。

　　"大家谈阅读"收录全国政协常委兼副秘书长、民进中央副主席、国家全民阅读形象代言人朱永新，北京大学中文系教授、博士生导师、国际安徒生奖得主曹文轩，大童话家、收藏家朱奎，"幻想大王"、中国首位迪士尼签约作家杨鹏，少儿科幻作家马传思，儿童文学作家王林柏、王君心、龙向梅关于想象力、关于阅读的文章。

　　马传思、王林柏、王君心、龙向梅均为"大白鲸"优秀作品征集活动获奖作家。他们的代表作品，以"大白鲸"原创幻想儿童文学奖为起点，荣获中华优秀出版物奖、全国优秀儿童文学奖，入选中宣部"优秀儿童文学出版工程""优秀青少年读物出版工程"……一项项沉甸甸的荣誉，见证了他们在文学道路上的执著追求，也见证了大连出版社多年来致力于"保卫想象力"的坚守与创新。

"书香能致远""开卷润童心"分别收录"浓情书香·伴您成长"征文大赛成人组、青少组的获奖征文。该征文大赛由大连出版社、中国农业银行大连市分行联合主办。

"书香能致远"中，中国散文学会会员郑江泉，大连市残联党组成员王荔，儿童文学新锐王庆兰，来自大连南金实验学校、金普新区新桥小学、金普新区滨海学校小学部等中小学的一线老师，以及其他与书有缘的诸君，深情讲述了在书香中逆袭、成长的故事。

"开卷润童心"中，来自辽宁师范大学附属中学的文天娇、孙纳佳，华北路小学的梁彻，以及晋城市星河学校、大连理工大学附属学校、大连市第十二中学、大连市实验中学、大连市第七十九中学小学部等学校的爱书少年，分享了各有趣味的读书生活。

参赛文稿征集得到了"全民阅读·书香大连"项目策划执行人刘丽、阅读推广人李长英，以及社会各界朋友的支持，一并感谢。

目录

第一篇

大家谈阅读

保卫想象力就是保卫童年

朱永新

非常高兴参加一年一度的"大白鲸"年度盛典。

"大白鲸"优秀作品征集活动以"保卫想象力"为主旨，面向全球，以专门奖励幻想儿童文学和图画书创作为目标，从2013年启动以来，已成功举办六届，先后征集到来自亚洲、美洲、欧洲、大洋洲四大洲近20个国家的4000多部中文作品，评选出百余部优秀作品。作品出版后先后数十次获得各类奖项，"大白鲸"已经成为国内外颇有影响的原创幻想儿童文学品牌。一个规模不大的地方城市出版社，能够如此用心经营、用心坚守，是非常不容易的，是值得我们尊敬的。

爱因斯坦说过一句话：想象力比知识更重要。因为知识是有限的，而想象力概括着世界的一切，推动着进步，并且是知识进化的源泉。严格地说，想象力是科学研究中的实在因素。

也就是说，想象力是人类知识进化的最重要源泉，是人类创造力最重要的源泉。试想一下，如果人类未曾有过九天揽月、五洋捉鳖的想象力，我们今天会取得"嫦娥五号"登月、"奋斗者号"深海坐底的成就吗？

想象力丰富是儿童的天性。瑞士著名儿童心理学家皮亚杰曾说过，儿童的潜意识中具有一种万物有灵的倾向，认为人以外的一切自然存在，如动植物、江河、山脉、日月星辰，都像人一样有思想、有感情，他们对很多问题、事物都具有自己独特的见解。所以，儿童的想象力本来就是他们的灵性的组成部分。

想象力是没有标准的。曾经有一道考试题：冰雪融化之后是什么？标准答案是水。但是，有学生却回答是春天，结果得到了零分。其实，"春天"这个答案，不正是学生想象力的表现吗？

文学作品更是想象力的母体。同样是看庐山瀑布，人们无非用气势磅礴、壮观浩瀚来形容，但是李白写道："日照香炉生紫烟，遥看瀑布挂前川。飞流直下三千尺，疑是银河落九天。"只有到了诗人的笔下，瀑布才能够与地上的香炉、天上的银河挂起钩来，才被描绘得如此淋漓尽致。同样是夜宿山寺，我们常说寺庙建在高高的山上，但是李白写道："危楼高百尺，手可摘星辰。不敢高声语，恐惊天上人。"在诗人的眼里，山高、楼高，高到似乎可以摘取天上的星星，似乎寺庙里的谈话也能够被天上的人听见。这些名垂千古的佳作，如果没有惊人的想象力，自然是不可能创作的出来。

既然儿童时期有着天然的想象力，为什么成年之后，有些人能够保有这种想象力，有些人却丢掉了呢？为什么有些人能够像李白这样有丰富的想象力，有些人却没有呢？这就与我们后天的教育、环境有关。一个不容置疑的事实是，随着儿童的成长，我们以知识为本位的教育，我们以标准答案为唯一标准的教育评价，在不断地摧毁儿童的想象力。

在这样的背景下，大连出版社能够勇敢而坚定地喊出"保卫想象力"的口号，这不仅仅是对幻想文学的守护，也是对童年的守护。充满想象力的文学可以把孩子带进一个真实又奇幻的世界，可以让童年的时光变得更加美好，可以让童年的视野更为开阔。我曾经说过，童年的长度决定国家的高度。这同样需要我们大家的共同努力。

这几年，先后读过大连出版社出版的几本原创幻想儿童文学作品。马传思著的《奇迹之夏》就是幻想类的成长小说，故事讲述的是少年阿星的探险历程：他在一场突如其来的地震发生后，和同学一起到雾灵山野人沟探险，经历了父母的不解、社会的质疑、公安的追击、护送混乱时空中的少女和剑齿虎等一系列事件，把量子科学、相对论、人类学等许多知识融合在其中。这本小说具有天马行空的想象力，而且关注现实，关注儿童在阅读之中得到的感悟。在书的最后，阿星终于深刻地理解了赫拉婆婆告诉他的道理：生命终究是一个人需要独自去面对的事情。但只要心中怀有爱意地走下去，就算再糟糕的日子，也会有奇迹出现。只要学会倾听，一定能够听到石头的歌唱。

另外一本大白鲸原创图画书优秀作品《九百九十九只小鸡挤呀挤》也很有意思。这是由陈梦敏撰写文字、抹布大王绘图的一本充满想象力和喜剧感的图画书，是一个关于爱与亲情的故事：打开封面，就是鸡太太对鸡先生的深情表白："我想给你生一大群孩子，那会有多幸福……"接着，九百九十九只小鸡从蛋壳里横空出世，开始自己的非凡之旅——冲出鸡舍，挤倒了葡萄架和水果店，挤翻了大熊、大象，挤飞了臭鼬，把山挤倒了作为自己的盾牌抵挡刺猬部队。正当它们可能要制造更大的灾难的时候，"咕，咕咕，咕咕咕"的呼唤，让小鸡们很快收兵，飞快回到了蛋壳之中。原来，这是妈妈的声音，是母爱的力量。其实，这是即将成为母亲的鸡太太的一个甜美的梦境。这本书的文字韵律感很强，富有张力，"九百九十九只小鸡挤呀挤"的核心句式不断重复，与色彩明亮、造型夸张的图画相得益彰，使阅读充满快感，也让儿童的想象力，通过一只母鸡的梦境，得到了张扬。

记得刘明辉社长曾经说过，他们坚定地相信，保卫想象力就是他们要做的事情，也是值得几代人为之奋斗的事情。作为出版人，保卫想象力的最好办法就是给孩子们提供优秀的幻想儿童文学作品。

是的，保卫想象力就是保卫童年。保卫了童年才是真正的保护儿童。为了儿童，为了想象力，期待我们的儿童文学作家能够创作出更多更好的优秀作品，期待我们的出版家能够出版发行更多更好的原创幻想儿童文学作品，也期待"大白鲸"成为中国原创幻想儿童文学的一道美丽风景！

世界上最宝贵的东西是想象力

曹文轩

　　关于想象力这个问题，我们可以从不同的角度去看。大自然孕育了成千上万的物种，在孕育这些物种的时候，他把里面非常特别的东西只给了其中一个物种，这就是人类，而这个东西就是想象力。人类也正是拥有了想象力，才和其他成千上万的物种拉开了无法缩短的距离。

　　人类利用想象力创造了地球上最高等的文明，人类也利用想象力创造了无数的、实际上不能发生的，但是感人的、美好的故事。正是这些故事推动着整个人类文明的进步。设想一下，假如我们没有想象力，那么人类会是什么样的物种？如果我们没有通过想象力创造出来的这个世界，那么今天的人类会在什么地方？我们大概还在原始森林里头，我们大概还没有变成真正的人。

　　在这个世界上最宝贵的东西其实就是想象力，正是因为拥有特有的想象力，人类才成为地球上的最高等物种。

孩子的头脑里有个"程序"——就像电脑程序一样。在程序里有一个东西叫作原创力，任何人都有原始的创作力，这是人类特有的。我们的祖先正是利用原创力创造了文明，就像我们现在看到的岩画、壁画。那时的文明没有知识，主要是凭借人类的原创力创作的艺术，这种艺术是很强劲的想象力的体现。

想象力变得更加宝贵，是在人类有了知识之后。知识推动了想象力，给想象力更多的方向。打个比方，想象力是火箭，知识是火药，知识推动了想象力，我们才会有今天的世界。我们可以把有天空、月亮、草原、河流的世界称为"第一世界"，可以把我们的心、脑子、想象力创造出来的世界称为"第二世界"。"第二世界"到了今天已经变得丰富多彩了，就是这个"第二世界"让人变得更像人。

既然存在知识和想象力之间的关系问题，就存在另外一个问题：有时人们可能会因为各种原因对想象力进行破坏，压制到不能再压制的程度，那么想象力就会被困住以至于窒息。这个现象从人类历史上来看是时常发生。

所以知识和想象力之间的关系就是：当遇到先进的、好的知识的时候，想象力就像遇到风的火，越烧越旺，可能会形成熊熊大火，非常壮观的熊熊大火；可一旦遇到坏的知识，知识可能也是风，但这个风可能是吹灭想象力这团火的风。当充分领略了想象力的重要性，对想象力有了更理性的解释之后，我们的想象力会重新焕发，会给我们带来更多惊喜。

我们的作家能够写出一些想象力非常强劲的作品，让孩子们阅读后受到想象力的操练，让他们理解想象力和创造一个世界之间的关系，他们会沉浸在一个非常美好的语境之中，领略想象力给我们人类带来的莫大快意；而且想象力是创造的一种境界，它又将引领人类一步一步走向高处的。

　　一句话，中国作家应该有一批人来好好写写具有幻想力的作品，通过这些具有幻想力的作品，对读者进行想象力的操练。这是一个切实可行的事。

阅读的力量

朱　奎

我有一个公众号，叫"朱奎和你聊"，开头一段文字是"一个靠写作改变命运的人"。

写作与读书密不可分。

如果说，哪一天"写作与读书密不可分"受到了质疑，人类一定提升到了另外一个更高级的维度。

从几岁起就喜欢书，现在还有记忆。家里的木板床下，简陋的木箱子里装了很多书，经常拿出来几本翻开，看不懂，但画面还是有一些感觉。有时，还用剪刀把画剪下来，记不住都做了些什么。从识字开始，也不断去床下找书来读。

后来，去给孩子们讲课，常常讲到，被邻居们称作"书虫"的我，吃饭的时候，将拿着书的左手放在饭碗前，嘴靠在碗上，右手往嘴里扒拉饭，父母经常会把书从我的手里抽走。

晚上八点半必须睡觉，书正看得上瘾，就用被子蒙着头，打着手电筒看，有时被父母发现，被子一掀，手电筒没收。但，第二天还是如此。最难过的是，看着看着睡着了，第二天早上醒来，手电筒没电了。那个年代穷，买电池的钱全靠自己一分一分地攒。

父亲也喜欢看书，枕头底下从来都放着书。父亲白天上班，书就变成了我的，一直看到父亲快下班了，才放回父亲的枕头底下。这也是我在小学四年级就读完了中国的四大古典文学名著的主要原因。

小学毕业前，我几乎读遍了中华人民共和国成立后的文学作品，还有苏联的很多文学名著。

还有一次学农偷书的经历有点惊心动魄，让人难忘。

一次，在京郊附近的一个农场学农，我清楚地记得，这个农场有一对美国夫妻。

我们住的房间旁边没有人住，我无意中扒了一下窗户，突然大感兴奋，因为里面满地是散乱的书籍，周围墙上都是书架，这里应该是农场的图书馆。

因为是学农，几天没有书看的我按捺不住，尝试推了推眼前的三个窗户，忽然感觉有一扇窗户似乎可以推动，于是将其恢复原状，准备天黑了前来找书看。

这天夜深人静，别人都睡了，我悄悄地爬起来，蹑手蹑脚地出了门。因为心里发虚，像个贼似的走近那个感觉可以推开的窗户，我估计当时可能里边插销没有插紧，用力一推，窗户开了，我喜出望外，赶紧跳进去再把窗户关上。

我记得特别清楚，那天的月亮特别亮，我就借着月光看那个书上的字。我当时没有手电筒——即使有也不敢打开。

正在那儿挑书上瘾的时候，后边一个人突然提起了我的后脖领子。我现在都忘不了我被吓得毛骨悚然的那一刻，一下子跟魂丢了似的，吓得吱哇跳脚乱叫。

手电筒亮了，一个人站在我的面前对我说："别价别价，你别把我给吓着了。"

我这才安静下来，一看是带我们去学农的工宣队的一个师傅，他是大老远看着我跳窗户进来，然后就跟过来了。

他是开门进来的，我集中精力挑书，根本没有听到动静。那阵你怎么办？

我吓得什么话也说不出来。

他问我："你怎么回事？"

半天我才回复说："我没有想偷书，就想拿本书看看。"

他看了看我，最后跟我说："孩子，爱读书是好事，可你别偷书，你说你这大半夜的，吓着了吧，也把我吓了一跳。"然后说："这个你放心，我不告诉你们老师，赶紧回去吧。"他要是告诉我们老师我就惨了。

我慌乱中还要跳窗户，他说你跳什么跳，从这儿走。结果从门出来，然后回去。那一回真是吓着我了。

尽管如此，我还是嗜书如命的人，久而久之就养成一种习惯，就是每天睡觉之前一定得看点东西，否则根本就不能睡觉，习惯成自然。

后来 16 岁下乡，除去劳动、睡觉，其他时间也全部用来读书。

那时候，我就立下了"读万卷书，行万里路"的志向。

满打满算，我在农场待了七年。当时几乎没有什么书看，但手上有一套 20 卷简装的《鲁迅全集》和一套范文澜的《中国通史》，还有一本《中国古代散文选》，一本《史记选》，一本《唐诗三百首》，一本王力的《诗词格律十讲》，这些就是我的全部财富。在农场这些年，因为没有别的书，我反反复复不知道把这些书看了多少遍，很多都能够背下来。

18 岁，我开始立志靠写作改变自己的命运。于是我开始创作，写诗歌，写散文，写小说。

1974 年，《黑龙江文艺》（《北方文学》前身）把我借调去工作。

1976 年，"文革"结束，我从农场正式调到黑龙江文艺杂志社做编辑，完成了我想靠写作改变自己命运的夙愿。

调到编辑部的第一天，去我们的资料室，里面有一个"眼镜先生"。后来知道，他就是"文革"前《文艺报》的编辑室主任唐因先生。

唐因先生是著名文学评论家，历任《文艺报》副主编，鲁迅文学院副院长、院长。

这天在资料室查阅资料，因为"文革"后的文艺界系统极少年轻人，唐因先生马上猜到："你是新从农场调上来的？"

"是的。"我回答。

唐因先生直入主题，没有任何铺垫，谆谆教诲说："年轻人，做一个好的编辑或者作家，一定要通读鲁迅。"

听了先生的话，我笑了。

估计先生有点茫然，甚至可能认为我没有礼貌，因为我感觉到了先生表情的变换。

我回答说："唐老师，《鲁迅全集》20 卷简装本，每一本叫什么名字，随便哪一篇文章，您点出来，我试试给您背下来。"

至今还清清楚楚记得唐因先生错愕甚至对我的回答有些尴尬的表情。

唐因先生看着我，过了好一会儿才说："年轻人，我明白了，为什么农场那么多知青，只把你从农场调上来。"

这么多年过去了，不能忘记，谢谢唐因先生的教诲。

这几个文字，也算我对已经驾鹤西去的唐因先生的追忆。

我们有一句俗话："书读百遍，其义自见。"还有人说，把一本书读一百遍的人，没有不成大器的。

后面这句话未必正确，但说明一个问题。

我在农场这些年所读这些都是经典之作，你反反复复，就不单单是"其义自见"的问题，还有一个读死书和把书读活的问题。这些经典，你读透了、读活了，会是什么概念？

我不用说。

我今天在文学或者文字上所取得的一切成就，就是最好的证明。

我去给孩子们讲课，很多孩子会问，建议我们读什么书？

我们常常讲"术业有专攻"，从读书角度，就是你喜欢什么就读什么，或者说，什么对你的专业有用就读什么。

但从文学、从人才角度，我以为孩子们读书还应该广泛涉猎。

我读书就杂，不管考古、自然科学、哲学、历史，甚至飞碟、量子科技，无一不涉猎，接受新事物也快。

我曾经送给孩子们一句话："强大的中国将来自我们的想象力和创造力！"

而想象力和创造力恰恰来源于你对书籍的广泛涉猎，因为如此，你思考问题的角度就宽，就容易产生跳跃式联想，就容易迸出火花，继而激发或者成就你的创造力。

你书读得越多，疑问越多，需要探索的就越多，也就是说，读书还能激发你的好奇心，同时提升你的求知欲。

因为阅读，因为想象力，我创作了《约克先生》《大熊猫温任先生》等系列童话。在谈及我的叙述风格和文字功力的时候，国际安徒生奖获得者曹文轩先生说："朱奎先生可以在这方面做先生。"

感恩书海，感恩阅读。

书山有路

杨　鹏

　　童年时代，父亲给我留下印象最深的一件事情是：在我的书房外面，贴着他用毛笔写的对联："书山有路勤为径，学海无涯苦作舟。"父亲是一位建筑设计师，不是什么名人，但是，在我眼里，他是一位天才的教育家，他在为别人设计房子的时候，也为他的儿子设计了一条以书为径的人生路。

　　在我上小学之前，父亲已经为我准备了整整一书橱的图书。父亲做过木匠，心灵手巧，他做的书橱很有创意：拧一个开关，用薄竹片做的门就会"哗哗啦啦"自动往上爬，很科幻。每个孩子都喜欢新奇的玩意儿，所以，玩耍父亲的书橱成了我童年时代的一个乐趣。如果说童年时代的我是一条对世界充满未知的鱼，那么父亲的书橱，就是一个引我上钩的用心良苦的诱饵。每次打开书橱后，翻看那些我尚看不懂的图书的插图，也是莫大的欢乐。有一次，我拿着一本封面画的是工农兵的书问父亲书里写了什么，父亲告诉我说那本书叫《十万个为什么》，如果我能把十万个"为什么"都弄清楚了，那我就会成为世界上最了不起的人。我从小就想当一个"最了不起的人"，可是《十万个为什么》对我来说太深奥了，父亲就从书店里为我买了一套图文并茂，图还是彩插的科普图书《动脑筋爷爷》。这些充满亲和力的科普图书，为我打开了解大千世界奥秘的大门，也使我从小就对自然科学充满了向往和莫名的崇敬感。

小学一年级，父亲就为我订杂志、订报（20世纪80年代初，除了个别的"万元户"，老百姓的收入仅够温饱，但父亲却用他一半以上的工资拿来购买书籍）。其中对我影响最大的报纸是《中国少年报》，杂志是《儿童文学》。小学二年级的时候，我从这两种读物上读到了郑渊洁的童话。那些童话虽然不是郑渊洁的代表作，但是，却在冥冥中把我引向了以儿童文学作家为职业的未来。二十多年后，当我见到郑渊洁老师时，第一次读他童话时那种新奇、过瘾、莫名激动的感觉，汹涌澎湃地翻涌在心头。很难想象，如果当年的我没有看过这位童话大师的作品，我是否还会喜欢童话，喜欢写作，是否还会成为他的同行呢？

父亲经常出差，每次回家，他给我带回的礼物，除了动手动脑的益智玩具，就是在我们的县城里买不到的连环画。其中，《铁臂阿童木》和《星球大战》是让我着迷了整个童年和少年时代的科幻作品。这两部作品，我到北京上大学之后才看到根据它们创作的动画片及电影，但是，这两部连环画却像彗星撞地球一般，撞出了我脑海里最初的想象力火花，一直到现在，我经常在梦里梦见这两部作品中的科幻场景。后来，我去美国参观《星球大战》的制作基地，在日本京都的新干线车站看到铁臂阿童木的雕塑时，都激动得热泪盈眶。我不知道，如果我的童年没有阿童木和杰迪骑士，会多么枯燥、乏味和无聊！我也不知道，如果我没有和那些能够上天入地的超人们邂逅，日后的我是否还会成为一名少年科幻小说作家？是否会成为第一位和迪士尼签约创作米老鼠故事的中国人？是否会写出《校园三剑客》、《装在口袋里的爸爸》和《幻想大王奇遇记》这样受到数千万小读者欢迎的童书？阅读改变人生，那些充满想象力的书不仅给我的童年描上了缤纷的色彩，也引我走上了一条令许多人心驰神往的写作路。

小学四年级的时候，父亲为我在县图书馆办了一张图书证。这是我的第一张图书证，在我看来，其意义绝对要大于我的毕业证和硕士文凭，它是我人生中的一张车票，当我凭借这张车票而乘上通向未来的列车时，我才知道书的世界有多大，知识的海洋有多宽广，人生的追求有多么丰富……若干年后，当我坐在北师大的教室里，看着老师发到我手里的一张张中文系书单时，我惊喜地发现：学校规定的必读书，我有一半已经在我们县小小的图书馆里读过了。

过去的三十多年，对我的人生产生影响的书籍很多，比如《小灵通漫游未来》《希腊罗马神话故事》《爱因斯坦》《海底两万里》《飞向人马座》《屋顶上的小飞人》《绿野仙踪》《假话国历险记》《银河铁道999》《安徒生童话》《孙幼军童话》《张天翼童话》《炼金术士》《安德的游戏》《红与黑》《教父》《银河英雄传说》……这些书是我前行的人生阶梯。回忆童年和少年时代，我发现，当我拾级而上时，在每个可能迷路的路口，父亲都为我事先钉上了一块指路的路标，而父亲"书山有路"的教育路线，也在潜移默化之中，渗透到我的血液和灵魂之中。

我经常到全国各地的书店去讲学和签售，也经常面对一些家长，我发现如今的家长虽然意识到了书对孩子的重要性——用一位家长的话说，"不怕孩子买书，就怕孩子不读书"，但是，大多数家长对于该让自己的孩子读什么样的书，却是茫然的、毫无头绪的。书海无涯，博览群书当然没错，但是，像一叶孤舟般没有方向地在书的汪洋大海中漂荡，却是充满了危险的——许多所谓的"书呆子"，就是知识迷宫中的迷途者，对于这些人来说，不读书恐怕比读书要更好。

书山有路，我庆幸自己有一个擅长对自己的孩子进行阅读设计和引导的父亲。

去阅读吧

马传思

今天的我是一个专职写作者，写作是我赖以自我表达和安身立命的方式。而在走上这条路之前，承担着同样功能的，是阅读。

每个人的童年都有快乐和痛苦。我的童年也有许多值得一再回味的快乐，但其中苦涩的成分居多。我是在 20 世纪 80 年代的安徽农村度过自己的童年的。那段时光在我的记忆中总体上是灰暗的，物质上的贫乏和各种错综复杂的矛盾，让我很小就产生了一种强烈的无力感和撕扯感。我经常带着逃亡的心情离开村庄，去田野里，看稻浪翻滚，看树叶在风中打转，看几只蚂蚁从草丛间忙碌，在我指尖列队行进；或者和一群蹲伏在稻禾下的秧鸡相互张望……自然世界可以让我得到暂时的放松。

但真正帮我打开心灵的窗户的，是阅读。整个小学阶段，我只读过为数不多的课外书，大部分是从同学手中辗转借来的连环画之类的，书页往往残缺不全。但那些传统侠义故事和革命英雄故事总能让一个孱弱的男孩萌生出许多遐想。

等到小学毕业后，我终于攒够了零花钱，来到镇上的新华书店，买下了属于我自己的第一本课外书——《安徒生童话》。那位伟大的丹麦作家创作了一个个奇妙的童话故事，那是一个与现实迥然不同的世界，那里当然也有残酷和眼泪，但更多的是我所渴望的温暖和美好。白雪公主、拇指姑娘、丑小鸭、小美人鱼……这些神奇的角色的故事总是让我乐而忘返。此后的中学阶段，我通过各种途径如饥似渴地读了不少课外书，它们不仅让我的视野变得更加开阔，更疗愈了我青春期的孤独和惶惑。

当年的那本《安徒生童话》和许多别的课外书早已被封存在时光深处，再也找不到了，但它们带给我的温暖记忆犹新。而这份弥足珍贵的记忆，也是我在兜兜转转一大圈之后走上文学创作之路的一个内在驱动力。因为我想通过自己笔下的故事，把当年我曾经在文学世界里感受到的那种温暖和光亮传递给更多的少年儿童。这些年我专注于少儿科幻创作，如果说有什么是创作初心的话，那可能就是我想让那些属于人性的光辉品质，那些值得珍藏的温暖，在科幻所构建的独特时空中得以放大、呈现和凸显。不论是在《冰冻星球》里那颗寒冷、颓败的末日星球上，还是在《奇迹之夏》的时间裂缝中，我想传递的都是同样的事物。

所以，去阅读吧。不管时代如何变化，静下心来阅读一些好书，依然能带给我们不可估量的益处。从最浅显的层面来说，阅读可以帮助我们提升学习力。早就有专家指出，当一个人具有浓厚的阅读兴趣和良好的阅读习惯后，就拥有了终身学习的能力；阅读还能帮助我们锻造思维，提升面对挫折的能力；阅读更能在我们身陷困境时，帮助我们进行自我心灵疗愈。

去阅读吧。去和那些优秀的文学作品中新鲜的生命相遇，和他们一起去眺望远方，然后在一个朝霞满天的清晨，或者薄暮冥冥的黄昏启程，去广阔的世界里冒险；和他们一起去面对各种不期而至的意外，一起分享悲伤和欢乐。就像《奇迹之夏》里的少年阿星一样，他最终走进了那个曲终人散的夜晚，和骑着剑齿虎的穴居人女孩望月一起，目睹了时间裂缝的开启，更在一场持续数百万年的漫长战争中感受到文明的兴衰和生命的悲欢。

在阅读中慢慢成长

王林柏

长大以后，你想做什么？

很多人小时候都被问过这个问题。

在我上小学二三年级时（距离现在大概三十年了），有一次，老师在课堂上提问：大家长大后想做什么？

大家举手，我也跟着举手。要不，显得我好像没梦想似的。

有同学说要当老师，有同学说要做科学家……

当我被叫起来时，是有点发蒙的。和很多普通的男孩一样，我终日忙着疯玩疯跑，爬树，上房，蹚河沟，看动画片，读故事书……至于"长大后想做什么"这么遥远的问题，我实在没有思考过。

当时我脑子转得飞快，我觉得我要是说长大了卖烤红薯，恐怕老师不会满意，同学也得笑话我；接着我想到了科学家，科学的概念很大，科学家那就是个"筐"，什么都可以往里装，可惜的是，前面一个同学已经说过科学家了，要是我和他一样，显得我多没思想似的，于是，我就随口说道：做医生。

但这个答案一点也不靠谱。我不喜欢医院里福尔马林的味道，害怕打针，害怕血（十年后，高三的我报考大学志愿，第一个排除的就是医学专业）。

后来下了课，我认真琢磨了琢磨，那时候，我还真有一个特别羡慕的工作：新华书店的售货员。

我小时候很喜欢读书，尤其是故事书，捧起书来真的是浮想联翩，废寝忘食，做梦都会梦到里面的人，那是一种最纯粹的快乐。但那时不像现在，书属于"稀缺"资源，我记得20世纪80年代末，报纸上曾经有一项调查，每个家庭平均藏书多少呢？两本。

因此，基本所有"带字的"我都不放过，童话、神话和民间故事就不说了，就连我哥的高中课本和本地的县志，也要拿出来翻一翻。最夸张的是，我翻出来四本生日蛋糕大小的《辞源》，像字典一样的工具书，竖排，繁体字，我抱着"啃"，看得眼前冒星星，什么也没看懂。每次去朋友、同学家玩，第一件事——也是最快乐的事，就是扫书，瞅瞅他们家有没有书可以借。

尽管这样，大部分时间，还是没新书看。

我当时想，要是我当了新华书店的售货员，守着那么多书，想看什么看什么，想看多久就看多久，多美呀！

小时候的我，跑得不是最快的，个子不是最高的，嘴皮子不是最利索的，成绩平平，音乐、绘画、舞蹈、书法这些特长和我通通不沾边，唯一的爱好，似乎就是读书，捎带脚儿给朋友们讲讲书里的故事。

有一次，我在一本杂志上读到这样一个故事。

距今三千年前的西周，有个周穆王喜欢旅行，他经常开着宝马车——是真的八匹宝马拉的车——到处溜达。

有一次，在他旅行回来的路上，遇到了一个叫偃师的奇人。这个偃师带着一名随从，他告诉周穆王，这名随从是他制作的一个木偶人。

周穆王大感神奇，召唤来身边的臣子和宠姬，一起瞧新鲜。

只见那名随从前进后退、前俯后仰，动作和真人一般无二，掰掰他的下巴，就能唱歌，调动手臂便会摇摆起舞，动作灵活多变，让在座的人惊奇万分。

没想到歌舞快结束时，那名随从对着周穆王的宠姬——就是周穆王的小老婆——"瞬其目"，"瞬其目"什么意思呢？就是暗送秋波，俗称抛媚眼。

周穆王一看肺都气炸了，心想这怎么可能是木偶人？很明显是你们两人组团来忽悠耍笑我的嘛。于是大叫一声："来人，把他们两个人拉下去，砍头！"

偃师吓坏了，急忙说，请等一等！他把随从胸膛打开了给穆王看，胸膛里心肝脾肺肾五脏俱全，却都是用皮革、木料、胶漆、白土、黑炭和丹砂等做成的。把木偶人的心拿出来，它就不会说话了；把肝拿出来，眼睛就看不见了；把肾拿出来，就不会走路了。最后，周穆王心悦诚服，夸奖偃师技法高超。

故事最后还留下一句话：偃师造人，唯难于心。讲的道理是，造出像人的外表并不十分难，难的是造出像人一样的心。

这个故事太神奇了，我忍不住讲给好几个小伙伴听，大家也都很喜欢。在朋友之中，我似乎成了那个讲故事的人。

于是在内心深处，渐渐萌发出一个从来不敢摆上台面的小梦想：如果有朝一日，我也能写出像《长袜子皮皮》和《匹诺曹》这种让孩子喜欢的故事，那该多好呀。

但这个梦想，实在太遥远了！

还是老老实实上学念书比较实在。

于是，从小学到初中，再到高中，上学，回家，吃饭，睡觉，学习，读书，玩耍……日子过得平平淡淡，波澜不惊。但在一个小孩子内心之中，又是另外一个波澜壮阔的世界，风起云涌，气象万千，对学习成绩的担忧，对生活的困惑，对未来的期冀和迷茫……懵懵懂懂，很多孩子的烦恼，一样也没落下。

但我的心灵世界里，从不是只有一个人。《钢铁是怎样炼成的》里面的保尔·柯察金和冬妮娅，《平凡的世界》里面的孙少平、孙少安和田晓霞，匹诺曹和蜡烛芯，长袜子皮皮，行者武松和花和尚鲁智深，孙悟空和猪八戒，呼延庆和呼延平……林林总总，纷纷繁繁，许许多多的小人儿生活在那里，仿佛有自己的生命，在心灵世界和我对话，同我共存，帮我分析问题，排解困惑，给我出主意，为我打气鼓励。大家各不相同，却都有自己的位置，彼此相安无事。

一个人独处，我会常常品味长袜子皮皮和两个好朋友吃下天书药片后，独自待在自己家中的那个夜晚；也会想象武松立在岭头，见月从东边上来，照得草木生辉；我会假设自己身处孙少平打工的窝棚里会怎么样；我也会努力捕捉那个金发的小王子带给我的那些模模糊糊的人生启示……

就这样，一天天慢慢长大，无论是现实中的自己，还是那个世界的我。

读大学，考研究生，找工作，做了一名程序员，买房，结婚，生子……似乎一切按部就班，依旧普普通通。

2012年，儿子3岁时，我突发奇想，想要为他写童话故事，为了埋藏在心灵世界的那个儿时的小愿望。

于是利用业余时间努力去写，写了三年也没能发表一个字。

"你得忍耐。"

"最重要的是追随自己的内心。"

"即使不能发表，作为送给儿子的礼物，也是温暖的吧。"

……

心灵世界的那些小人儿帮我找到答案，让我得以坚持。

2015年，我坐飞机出差，遇到强气流的颠簸，脑子里突然闪现出一个穿越时空的故事，十多年前看过的《偃师造人》的故事也一并出现在脑海中。后来以此为背景，我创作了《拯救天才》这个故事。

《拯救天才》获得了包括中华优秀出版物奖、全国优秀儿童文学奖在内的十余项奖励，但紧接着的一个至今没有出版的故事却又给了我当头一棒。

"你太浮了，没有沉下心。"

"对写的故事要心怀敬意呀。"

心灵世界的小人儿让我感觉，挫折不是坏事情，吸取教训，重新上路就是。

富兰克林曾经说过一句话：大多数人 25 岁已然死去，只不过到了 75 岁才埋葬。当然，富兰克林说的 25 岁死去，并非真的丧失生命，只是淡漠了热情，丧失了好奇心，忘却了理想，失去了追求，日复一日做同样的事，走同样的路，过同样的生活，再也没有成长。

如今的我，读书，写作，生活，成长……

我感觉很幸运，也很幸福。

开启人生的"钥匙"

王君心

阅读，对我来说，是一把开启人生的"钥匙"。

第一次接触到这把"钥匙"，是在我幼儿园的时候。爸爸第一次带我去镇里的图书馆，我就被书架上的一册册故事书吸引住了。小镇的图书馆只有一个大房间，威严的棕红色书架上多是些上了年纪的旧书，可对我来说，每一本书里都藏着一个全新的世界、全新的天地，只等我用阅读这把"钥匙"去开启它们。在这里，我读到了《盘古开天地》《女娲补天》《精卫填海》，人生初次获得了文学的启迪与滋养，读到了《格林童话》《安徒生童话》，得到了想象、智慧、情感的教育和启发。而且，这个世界只要去过一次，就将永远向我开放——它们将永远存在于我心中，成为我心灵的一部分。

上了小学，我开始在邮局订阅杂志，这样每个月都能收到固定的快乐了。也就是那时，阅读为我开启了人生道路上的一扇转折点的大门。

　　小学五年级的时候，我在《儿童文学》杂志上读到了一篇童话，童话的名字叫作《狐狸的窗户》，是日本作家安房直子写的。第一次读到这篇童话，我完完全全震惊了，我想，世界上怎么会有这么美丽，又这样动人的故事？从此，我记住了"安房直子"这个名字，疯狂地找来了我能找到的所有她写的故事。

　　把找来的故事都读完了，我还是不满足，居然动了自己来写的念头。于是我模仿安房直子，在电脑上写了几个小故事，除了我爸爸，没好意思给任何人看。叫我没想到的是，我爸爸居然背着我，把这几个故事投稿给了江苏《少年文艺》杂志。更叫人意外的是，编辑老师居然回复了，还耐心地指出了故事里的不足。这几个故事虽然没有过稿，但编辑老师表扬我很有想象力，告诉我继续写下去，一定会有作品发表的。

　　这几个故事虽然没能在《少年文艺》发表，但后来我又把它们投给了我们市的报纸。那份报纸上有一个叫作"作文园地"的栏目，在我五年级到六年级的那段时间，几乎每隔几周就会刊登一篇我写的童话。后来，我继续一边阅读，一边写作，一年后，我的童话终于登上了《少年文艺》杂志，从那时起，我开始陆续在其他国家级杂志上发表作品。

　　发表作品获得的稿费成了我的"阅读基金"，我开始买在图书馆看不到的书。从那以后，就像中了魔法一样，只要我在的地方，总会有"书堆"如雨后春笋似的冒出来。从书房、卧室到教室、宿舍，清空一次，过不了多久又会"长"出来。有一天，我心血来潮买来一个大书架，把所有的书摆上去，嚯，一下子变成了整整一面书墙。这面书墙的背后，是一个无可比拟的广袤世界，也是我的精神乐园。与此同时，阅读这把"钥匙"轻轻开启了一扇特别的大门，引领我穿过这扇门，开始构筑属于我自己的世界，书写诞生于我脑海中的故事。这两个故事的名字分别是《秘语森林》和《记忆花园》，在我上高二的时候出版，变成了可以摆上书架的两本书。

到了高三，直面高考，学习特别紧张，"千军万马过独木桥"，我却意外地找到了一条新的路径。我在《萌芽》杂志上看到了一个作文比赛，叫作"全国新概念作文大赛"，在这个比赛中获得一等奖，可以拿到国内一流大学的高考加分。最终，我通过了初赛、复赛以及面试，顺利得到了厦门大学的加分：高考成绩过"本一线"即可被厦门大学人文学院录取。就这样，阅读这把历久弥新的"钥匙"为我打开了人生一个新的阶段的大门。

上了大学，我还保持着阅读和写作的习惯，出了四本书。其中的《梦街灯影》灵感来源于中国古代文学经典中的宋词，把诗词、巫术和梦境熔于一炉，充分显示了汉文字的博大精深，被评为"2015'大白鲸'原创幻想儿童文学优秀作品征集活动"钻石鲸作品，即特等奖。值得一提的是，为了读到更多安房直子的作品，我自学日语，申请到了学校的奖学金，到日本的大学交流了半年，获得了全新的人生体验：在异国他乡生活，感受不同文化的碰撞与交流。

细细想来，我人生经历中的每一步似乎都与"阅读"有关。

阅读，是开启我人生的一把"钥匙"，这把钥匙永不过时、永远有效。读一本书，哪怕只是一个故事，在这咫尺之地，方寸之间，就蕴藏着无数个世界，无穷多的机遇。愿我们的漫漫人生之路，都能因阅读不断开阔视野、开拓边界，不断涉足新的领域，开启新的征程。

和书一起旅行

龙向梅

一生当中，在旅途的时光总是很多，因为工作或生活的原因，很多时候都行走在路上。因此记忆中，与书相伴的日子经常是在路上。在人迹罕至的荒原看书，在黄沙四起的建筑工地看书，在大江大河的岸边看书，在狼群出没的高山营地看书，也在椰风轻拂的海岸边、麦浪翻滚的乡野、微光微漾的湖畔看书，在旅馆、图书馆、咖啡馆、车站、飞机场……凡是足之所至，必有书本相随。每次出差或者远行，清理行李的时候，第一时间就会把书拣入行李箱，和洗漱用品及衣物一样，从来不会落下。很难想象，如果出门没有带书，会多叫人不安，去酒店没有书，更是无从入睡。

有一次跟朋友交流，谈到此，朋友会心一笑，说，哎呀，一样呀，路上不带一本书怎么行呢？爱书之人大抵都是如此吧。即使在奔忙的旅途中，也是要有书相伴的。其实，即使在旅途中因为疲惫或者匆忙，没来得及翻阅，但枕边不可无书，背包里也不可无书，不然，就像背叛光阴之人，总有种魂不守舍之感。朋友笑笑说，一样一样，有时背着出去，又背着回来，压根就没时间看呀，但下一次出发也是必带的，这已是积久的习惯了。后来一问，发现有这种习惯的人还不少。这种共识大概也就是源于对书的喜爱，或者对写作的喜爱吧，就好像猎人上山总要带猎枪，而农人下地也要带农具一样。

因为父亲工作的缘故，我从小四海为家，从不指望有一个固定的书房、一个完整的书架。要带的东西很多，书是最不愿舍弃的，挑来拣去，实在带不走的，就依依不舍地送予最亲密的朋友，一再地叮嘱着，不要丢了呀。有一年，母亲想结束这种漂泊，决定带我们回老家居住了，书也就尽可能地全部背了回去，哪知计划不如变化快，一年后又回到了路上。那些带回老家的书，时隔多年之后，因房屋的老朽重建，居然一本不剩，那种遗憾和心痛，事隔多年也叫人难受。

每次到新的城市居住，即使是一年半载，也会先打听图书馆的位置。办证、借书、阅读，在图书馆里消磨余暇的时光。只有在图书馆，心才不会有漂泊之感。那些行走在路上的日子，对我来说，最奢望的事莫过于在落满阳光的宁静院子里，在紫藤花盛开的藤架下，手捧一册小书，慢慢地、一字一句地读着自己喜欢的文字。如果恰好有清风吹过，有远处原野的芬芳，或者有小鸟三三两两地鸣唱，一只小猫伏在脚边，清茶一碗，那便是人间盛景了。阅读是如此享受的事，它充盈着那些虚空的日子，抚慰所有的浮躁，让生命变得丰盈起来。

不过说实话，即使这样地爱着书，看过的书并不多。小时候没有太多的书可看，长大后没有太多的时间看。而且真正说来，一个人一生的精力有限，能读的书本身也非常有限。越是到图书馆，越是能感觉自己的贫乏和无知。可是活在这个茫茫的世间，知道自己的无知也未尝不是一件好事。知道后也不惊不惧，就像知道时间这样不可挽留地逝去，也仍能坦然面对，一天一天、一页一页翻过。书之多，不可穷尽，也就安心于自己选择的文字，按自己的节奏，细细地读，慢慢地品，享受文字里的美。

我不是聪慧之人，看书慢，而且越喜欢的书越是看得慢。一字一句地看过去，又一字一句看过来，反反复复，时不时又停下来想一想，闭上眼睛默一默，饮酒者慢慢回味酒香，小口小口地品着那琼浆，大概就是这样吧。

看书有很多种，随手翻阅的、打发闲暇的、专心研读的，或者专攻某学科的、带着目的读，收获就会更大。我平时看书比较杂，很多都是浮光掠影，但因为喜欢文学的缘故，唯独在文学上愿意细看和钻研。很长一段时间我都专读文学类书籍。专读的作用非常之大，可以让自己在某个领域迈上一个台阶。

记得那一年，儿童文学如同一束光倏地照亮我的世界，我像受了神谕一样，将自己的文学创作毅然转向儿童文学。于是，我如痴如醉阅读了大量的儿童文学作品，从理论到文本著作，从西方经典到国内原创……经过几年的阅读和学习，我写下了第一部儿童文学作品《寻找蓝色风》，并一举获得"大白鲸"原创幻想儿童文学的最高奖，入选了中宣部"优秀儿童文学出版工程"，由此真正开启了我的儿童文学创作之路。我要说的是，书籍真的是最好的老师，它能为你开拓一个全新的领域，并像明灯一样指引你，像航船一样载你至彼岸。

都说一个人的成长史就是阅读史，你阅读过的书会变成养料注入你的骨子，你和别人不同，某种程度上也是阅读的不同。阅读给我们智慧、经验、思想，让我们活得通透、充实、浪漫、美好，更懂得宇宙万物，知晓人心世事。如果不学习，不阅读，我不知道我的生命和一棵树有什么区别。

有了孩子后，我就陪孩子一起阅读。受我的影响，孩子从小也喜欢看书，阅读量远超同龄人。我觉得孩子的阅读应该从幼儿时期开始，从小培养他对书的好感，培养他翻书的习惯，并从这种习惯中受益终身。

有朋友对我说："这么多年你坚持阅读和写作真不容易。"我觉得这句话不太正确，就好比说"你每天坚持吃饭喝水，真不容易"。对于那些不喜欢阅读和写作的人来说，或者把阅读和写作当作谋生工具的人来说，也许阅读需要用上"坚持"这样的词，而对于本身享受阅读的人来说，阅读像吃饭一样自然，像游戏一样愉快，不需要咬着牙关用毅力来推动。饭是餐餐要吃的，有谁可以三日不吃饭？区别就是，饭满足我们的身体，为身体提供能量；书籍满足我们的精神，为我们的精神提供能量。一个人，应该终身阅读，终身成长。我们的身体会停止长高，但心灵却可以永远成长。

人生是一场旅行，我们终其一生，都行走在漫漫的旅途中。天地无限宽广，人生亦然。有限的旅程只能用无限的阅读去拓展，阅读就好比让自己拥有无尽的触角和视野，抵达更远更美的地方。

第二篇

书香能致远

穿行在书香中的至真人生

郑江泉

倘若，明天有一场灭顶之灾向我袭来，我将无可逃避地面对黑色的死亡。撒手人寰之际，家人让我立遗嘱一份，第一条我将毫不犹豫地写上："请在棺材里放上我生平最珍爱的书，并点亮一支最洁白、最明亮的蜡烛。"我这不是自贱，也不是自咒，更不是痴人说梦，这是我历经啼血的苦难之后，生命"轰轰隆隆"地升华而出的至高至亮至深至真的情缘。造物主赐给了这个花花绿绿的世界无数奇珍异宝：金银古董、高官厚禄、豪车别墅、国色天香、酒池肉林，如此等等。光彩夺目的殊荣与幸运无缘降临于我，唯有别人不屑一顾和退避三舍的清贫和书籍一往情深地选择了我，认识了我，融合了我，死心塌地与我相濡以沫，休戚与共。无须月老做媒，无须上司赏赐，无须阔爷垂怜，书与我简直是秦晋之交，天作之合。你能说这不是缘分吗？

我是在那个"红色浪潮"暴涨的岁月里从"革命"这个最响亮的词儿里面"蹦"出来的。过周岁时，家人"反"革命——偷偷地按家乡传统的习俗测试一下我将来的命运和缘分，便在家里找了一些小物件：一截牛缰绳、一小块土圪垯、一只竹篾编制的小轮子（代表方向盘）、一支邻居小孩玩过的木头削制的小手枪。应该再找一些与文化有关的物什了，因父母都未进过学堂，家里找不到一本书。父亲正在为难，母亲忽然从针线笸篮里发现了一本红色塑料封皮的《毛主席语录》。大家把这些小道具一股脑地摆在我面前，让我真情"上演"《命运的抉择》。当许多期待的目光聚焦和定格于我的双手时，我用稚嫩的小手毫不犹豫地抓起了鲜红醒目的《毛主席语录》，塞到小嘴里就胡乱地吮起来，啃起来。一屋子的人会心地笑了，都说这孩子与书有缘。

也许是命运在冥冥之中的暗示，也许是生命在萌芽之初荧光般的影射。我抓着了《毛主席语录》，我与书的确有缘，有重金属般浇熔一体至密无隙的"铁缘"，但我的命运多蹇多舛，苦难如同自己的影子避之不及，挥之不去。

大半生来，我坠崖三次。其中两次罪魁祸首不是别的，正是我朝夕相伴念兹在兹的书籍。一次是"瓜菜代"时代，家人都去参加农建大会战了，仅有 8 岁的我去生产队分菜叶（剥离的萝卜叶子），走到自家窑洞顶的崖背上，因看连环画《小兵张嘎》着了迷，未曾防备，被隔壁二爷驮着玉米秆的大灰驴撞飞，落下悬崖，在宝鸡市抢救月余，大难未死。另一次是 12 岁时，在放学回家的路上看《红孩子》，一脚踩空，滚下斜坡，被荆棘挂了个"满天星"。

　　由于家贫，初中毕业后就辍学回乡。17岁就去酒泉、庆阳、西安等地打工，上过脚手架，下过砖瓦窑，进过石料厂，历经无数的艰辛和苦难。超负荷的体力劳动严重地透支着我的肌体，但因为有书的陪伴和滋养，我在人生苦难的压迫和剥削下，没有訇然倒下，而是坚强地一直走了下来。我没有感到孤独和沮丧。当夜阑人静之时，在那能看见星斗的工棚里，倚着没有感情但很体贴的被窝卷儿，就着没有思想但很热情的灯光，津津有味地咀嚼自己的"文化晚餐"。手捧着崭新的书本，闻着淡淡的墨香，让灼灼的目光温柔地在铅字的行间惬意地徜徉，让肉体和灵魂脱光了一切世俗的外衣，独自一人赤条条地漫步在春天的海滩上，融融的阳光洗涤着我，如丝的海风轻抚着我，带露的花儿簇拥着我。那醉是真醉！那香是醇香！那妙是绝妙！那舒坦是幼时慈母用柔软的手指在脊梁上轻挠似的，透心彻骨的舒坦和妙不可言的满足！

　　读书读到机缘和大悟处，便不由得心潮涌动，擎笔挥毫向媒体和编辑部雪片般地放飞自己思想的鸽子。我的疾呼，使包装严重短斤少两的某化肥厂向我村村民赔偿了一大卡车的化肥；我的愤怒，惊动了妇联、法院，使邻县一位受尽凌辱的少女摆脱了包办买卖婚姻的枷锁，获得新生；我的大勇，使一伙在甘肃境内，因琐事围攻一位回乡探亲的解放军的司乘人员受到严惩……我爱书，读书，探究书的奥秘，吮吸书的乳汁，拓展书的力量，升华书的光芒。我一刻也不敢怠慢书，因为我深知在这苦难人生的征途上，书于我，是生命得以维系和延续的蛋白质和维生素。

20 世纪 80 年代末，我有幸进入一家内刊编辑部从事编辑工作，环境的改变为我的读书生活带来了新的机遇。每天下班后，我就把欲望的根深深地扎进市工人文化宫的图书馆里，在这里如饥似渴地寻觅生命的泥土和盐巴，并用不倦的笔疯狂地溅射睿智的灵光。我的散文、诗歌、杂文、评论等作品被许多媒体刊载，并被收录多种版本的作品集，同时在国内获得各种大奖十多次。

生活总是跟我开玩笑，苦难老是钟情于我。二十三年来，我以十分的热诚，兢兢业业任劳任怨地工作，拿着只有别人三分之一的薪水，养家糊口和忙中偷闲地默默读书，而不幸总是接踵而至：父母相继患脑血栓后遗症，半身不遂，卧床不起。妻子遭遇车祸下颌骨和小腿骨折，幸免于难。原打工的单位一夜间关停。双亲历经长达八年的苦难折磨，离我而去。无论在多么艰难的环境下，书始终没有弃我而去。它深情脉脉地站在我灵魂的正前方，是我雷打不散的挚友。苦难使我坚强，读书使我成熟。为了跨越这苦难，我必须读书。为了读书，我必须义无反顾地直面这苦难。

贾平凹先生曾说过，读书人是一只书虫，对付他只需一只樟脑丸。我想樟脑丸是毒饵，只有毒药才能使读书人放弃书本。也就是说，真正与书有缘，且是至真至诚缘分的人，只有让他放弃生命，才能使他放弃读书。由此我想起了司马迁身负宫刑，仍读书、写史、著《史记》；屈原读书、作诗轰轰烈烈一生，抱恨投身汨罗江时仍仰天长啸，没忘记诵书吟诗；唐玄奘历经千难万险，求取经书；哥白尼读书、探源，但不迷信无稽之书，即使在十字架上被处以绞刑，至死也没有放弃他的"日心说"；秦始皇焚书坑儒，使无数书生与书长眠于历史的厚重尘埃之下，但人类著书、读书、践约书之魂、发展书之道，缔造书之神话的伟大活动一刻也没有停止，也绝不会停止。这是书于浩瀚人类凤凰涅槃般的挚情，这是书于恢宏历史杜鹃吐血般的回应。

　　尽管人生百年，但岁月给予每一个人读书的时间不是太长了，而是太短暂了；尽管贫富有别，但生活给予每一个人用于读书的财富不是太少了，而是太富足了。苦难是一种经历，一种沧桑，更是一种意志的洗礼和生存高度的超越。苦难可遇，但无人苛求。我在与苦难不断地碰撞和磨合中，体悟了爱书、读书、用书、省书是我人生之旅的最大乐趣和最高境界。生命对于我来说很有限，但我对读书荣辱涅槃烁烁不灭的追求，至高至亮至深至真！

读书，丰盈我的生活

王 荔

我喜欢这样一句话：你的气质里，藏着你走过的路、读过的书和爱过的人。

我是王荔，1971 年出生，在我的前半生，阅读带给我妙不可言的幸福。它是战胜困难的勇气；它是学习生活的工具；它是憧憬未来的路径……

阅读好书，生命芬芳四溢。

1986 年，读初中三年级的我因为恶性肿瘤做了右大臂截肢手术，突然间我的人生失衡了。在痛苦迷茫的时候，阅读挽救了我。

躺在病床上，肉体上的病已随着电锯的狰狞之声结束了，思想上心理上的病痛如何才能救治？

我读了能借到的金庸、梁羽生的全部武侠小说，读了琼瑶阿姨、岑凯伦姐姐最新的言情小说。那段晨昏颠倒的日子，头可不梳脸可不洗，小说不能丢。左手武林大会、剑走天涯、江湖义气第一桩；右手情深深雨蒙蒙、才下眉头却上心头、几度夕阳红。那是我人生的至暗时刻，不敢走出家门、不敢见同学朋友，不敢面对自己、不敢面对明天。父母亲对我没有其他的要求，只要活着。现在回想起来，他们也是在等着我的自我觉醒。

那段日子持续了大半年，直到我读到苏联作家奥斯特洛夫斯基的自传体小说《钢铁是怎样炼成的》，还有中国作家、团中央树立的自强典型张海迪的自传体小说《轮椅上的梦》，我的思想发生了深刻的变化。

保尔·柯察金是《钢铁是怎样炼成的》的主人公，当新生的苏维埃面临国内外敌对势力疯狂反扑的时候，保尔，一个15岁的少年，毫不犹豫地参军，投入到了艰苦卓绝的革命斗争中去。战争摧残了他的身体，先是残了右腿，而后脊椎骨的暗伤越来越严重，直至瘫痪卧床。面对命运的多舛，他没有颓唐消沉，没有一蹶不振，而是毅然地拿起笔来，坚持写作，经过顽强的努力，克服重重困难，历时三年，终于完成了《钢铁是这样炼成的》这部不朽的著作。

我十分敬佩保尔钢铁一样的意志，他不畏病魔侵扰、百折不屈的革命精神。书中的一段话也在不断地敲打和激励着我："人的一生应当这样度过，当他回首往事时不因虚度年华而悔恨，也不因碌碌无为而羞耻。这样在他临死的时候就能够说：'我已把我整个的生命和全部精力都献给了世界上最壮丽的事业——为人类的解放而斗争。'"

我应该怎样度过自己的一生呢？

张海迪的《轮椅上的梦》让我感悟了自强与乐观。张海迪在 5 岁的时候被疾病夺去了健康，胸以下全部瘫痪。她不能走路，一直被病魔残忍地折磨着，但她没有沮丧和沉沦，而是以顽强的毅力和恒心与疾病做斗争。她经受了严峻的考验，始终对人生充满了信心。虽然没有机会走进校园，却以超人的意志学完了小学到中学的全部课程，自学了大学英语、日语和德语，并攻读了本科和硕士研究生的课程。她唱歌、弹琴、针灸、学医；她坐在轮椅上依旧爱美，那句"越是残疾越要美丽"感染了世间几多人。

正如书中说："假如我们心中有一颗星星，不仅要让它给自己带来光明，还要把它举出窗外，照亮黑夜，照亮他人。这样你就会很快乐。""路是自己选择的，谁也不可能代替别人走完人生的旅程。"

保尔和张海迪的故事深深地打动了我，我鼓足勇气走出家门，找到了当时的大连市残疾青年协会，有幸见到了大连市残疾人事业的开创者——拄着双拐的李扬、坐在轮椅上的吕世明。李扬同志嘘寒问暖令人倍感亲切，吕世明同志声音洪亮笑声爽朗。他说："小王荔，与我们比，你哪里算残疾人？你会和你的同学们一样就学、就业、结婚、生子。"看着他们忙碌的身影，看着他们脸上灿烂的笑容，我一下子释然了，像瞬间打通了任督两脉，满血复活。

我也要走一条自强与奉献的人生之路。

当时残疾人考大学在政策上不明朗，我听从班主任的意见，一面创业一面读书。这期间，我开办了小饭店和小旅馆；我学

习了高中课程，参加了成人高考。我参加了辽宁省的读书演讲
比赛获得优胜奖，我被评为"辽宁省优秀个体劳动者"。

1990 年，我到村里任团委书记，这也得益于与书为伴的
日子。当年我作为村图书馆热心读者参加市图书馆的活动，会
上交流了身边图书馆对我读书起到的积极作用，给领导留下深
刻印象，给了我青春与青年为伍，让团徽在岗位上发光，让青
春在奉献中升华的美好机会。那时我订阅了《读者》《十月》
《意林》等期刊。文学的力量不断地滋养着我，我不间断地学
习和努力生活。先在电大学习乡镇企业管理中专课程，在工人
大学学习应用中文大专课程，在中央党校函授学习企业管理本
科课程，在东北财经大学网络教育学院学习法学本科课程，并
拿到学士学位，后来又在辽宁省委党校学习了行政管理研究生
课程。

这期间茅盾文学奖获得者路遥所著《平凡的世界》和全国
优秀中篇小说奖获得者张承志所著《北方的河》都给了我青春
的思考。

百万字的长篇巨著《平凡的世界》，看得我非常过瘾。这
部小说以其恢宏的气势和史诗般的品格，全景式地表现了改革
时代中国城乡的社会生活和人们思想情感的巨大变迁，还未完
成即在中央人民广播电台播出。它以中国 20 世纪 70 年代中期
到 80 年代中期十年间为背景，通过复杂的矛盾纠葛，以孙少
安和孙少平两兄弟为中心，刻画了当时社会各阶层众多普通人
的形象；劳动与爱情、挫折与追求、痛苦与欢乐、日常生活与
巨大社会冲突纷繁地交织在一起，深刻地展示了普通人在大时

代历史进程中所走过的艰难曲折的道路。

我特别喜欢作者路遥。在难忘的青春岁月里，他以生命为笔刻画了一系列鲜活人物，孙少平、田晓霞、金波、孙少安、田润叶、秀莲、兰香和田福军，这一个个平凡的名字，深深地印刻在我的头脑中。他们的真善美，他们的坚韧、奋斗、牺牲，影响了我的人生观、价值观。我买过不同版本的《平凡的世界》，我珍视着当年读它时的心境与情怀。

《北方的河》给了我更为深刻的关于青春与人生的思考。与新时期的其他小说不同，作者张承志对人生的探索不仅仅局限于现实的人生选择，而是有着深广的精神内容。在《北方的河》中，他把探求人生的触角深入到民族历史的文化渊源当中，以北方广袤的大地为背景，以厚重的民族历史为基点，再现了一个现代知识青年探索人生的精神历程。随着对北方的河流的探索，他对人生的意义和价值的认识不断深化。黄河使"他"认识到个人在历史进程中的渺小，个人的情感不可能超越历史，那种过分看重个人的得失和苦乐的想法是十分可笑的；湟水使"他"认识到个体的生命只有真正融入了历史，才能在获得意义的同时获得永恒；永定河使"他"懂得了无论怎样奔腾的河水最终都会变得平缓宁静，要成为真正的男子汉还需要宽阔的胸怀。

我懂得男主人公的隐忍、退让与奉献，我理解他选择的生活与爱情，如果我是他，这可能也是我的选择。我更喜欢他的研究生导师，她对男主的帮助是无私无欲，只是单纯地希望自己的学生顺利些，再顺利些。作者给予这个中年女性的笔墨并不多，她在男主需要帮助时，可以全力以赴地，甚至动员身边的人帮助他，给他信心，让他知道他不是一个人在战斗。我喜欢这种不求回报，而又滋润心田的付出。多年以后，当我30岁时，有机会到残联工作，有机会服务我的兄弟姐妹时，这种精神也成为我做人处事的标准。

多读书，读好书。因为获取知识必须通过学习，通过读书。信息社会里知识的飞速发展和更新使学习成为一项伴随我们终生的行为。读书的目的已经不仅仅是提升自我的专业能力，还包括我们人生各个方面的提升和优化。

转眼间在残联已经工作20年。在领导和同事们的全力支持下，我们攻坚克难，创新工作，倾注心血与激情，成就了数个第一：导盲犬乘坐客舱的全国首飞，大连市残疾人文联的创立，举办首届全国盲人诗歌朗诵大赛，举办首届全国肢残人歌手大赛，首位重度肢残人横渡英吉利海峡，首获聋人世界小姐桂冠，首批全国支持性就业试点单位，首创精神残疾人运动会。尤其是担任就业中心主任以来，协调市财政和地税部门，在全国率先出台了《大连市残疾人就业保障金征收使用管理实施办法》，当年就实现了残保金征收翻番。以创业带动就业，重点开发世界500强企业的工作岗位，倡导融合就业，重点扶持庇护性就业和支持性就业，实现了各类残疾人的多层次就业。

我作为执行主编，编辑出版了两本反映全国第一个残疾青年组织——大连市残疾青年协会发展历程的图书《同行七千三百里》《海的梦我的梦》。利用社会资源策划并成功举办了"善建者行"张海迪电影作品《我的少女时代》观后感有奖征文；中国人民保险"爱与分担"杯"我与残青协会的不解之缘"有奖征文。举办"梦想伴随歌声飞翔"公益演出；"梦想有声花开灿烂"庆祝残疾人朗诵艺术学会成立十周年戏剧式诗歌朗诵会等大型活动。在刘丽策划的"全民阅读书香大连"电视专题片中，我还荣幸地向大家推荐以大连导盲犬基地为蓝本的图书《导盲犬之梦》。

读书，丰盈了我的生活。

2020年，我被省委宣传部评为"优秀阅读推广人"，被省残联评为"讲好残疾人故事的最佳领读人"。展示书香魅力，培育书香氛围，传播阅读理念、开展阅读指导、提升市民阅读兴趣和阅读能力，在全社会树立"爱读书、读好书、善读书"的良好文明风尚。这是我新的使命和担当。我会继续努力，以更多的工作和更好的成绩，作出新的贡献。

读书，丰盈了我的生活；读书，也使我增长了智慧，心境澄明。每行进一步，都有豁然开朗的通达；每提升一层，都获得生命的价值与意义。

读书一代又一代

王庆兰

我没读过什么书。我读得最多的就是课本。1986 年我上小学一年级，开学二十天以后我见到了自己人生中的第一套课本：《语文》和《数学》。在那之前，我一直用的是对门哥哥用过的一套缺页的旧书。那天，我坐在自家的门槛上摩挲着我的新书说："真香！"

正在磨黄豆的爷爷把一勺黄豆舀进磨眼儿，看着磨盘间流出的豆汗说："今年的新豆，香着呢！"

我大声说："爷爷，我说的是书！"

"啊？"爷爷扭过头来，笑了，"发新书了？"

"嗯。"我骄傲地举着我的新书说。

爷爷把两只粗糙的大手在身上反复蹭了几下，拿过我的书小心地翻看起来。"小时候我也跟先生学过字。"爷爷说，"我还会写自己的名字呢！"爷爷放下书，抓了一把黄豆铺在磨盘上，用食指写道："刘——彦——"爷爷停住了，他皱皱眉写了两笔，又抹掉了，"怎么写来着？"

"爷爷，'升'字这么写。"我在黄豆"纸"上写了一个大大的"升"字。

"最后两笔是撇和竖呀？不记得了，都就粥吃了。"

"爷爷，你把字都就粥吃了，怎么坐的火车呀？"

爷爷叹了一口气，说："瞎坐。"

爷爷以前是卖牛的，生意做得很大，有时候都坐火车到关外去卖。怎么卖呢？把牛赶上火车吗？一大群牛站在车厢里"哞哞"直叫？给它们买票还是不买票呢？还是爷爷坐火车去关外，到了关外，再骑牛回来？我不知道。我都是听别人说的。从我记事起，爷爷就是卖水豆腐的，自己做自己卖。至于为什么不卖牛了，好像有一年去关外卖牛被人骗了，赔钱了。

爷爷指着我的书说："好好读，我家也该出个读书人了。来，给爷爷读一段。"

我开始读："田野里，稻子熟了，黄澄澄的，像铺了一地金子……"

我读书，爷爷磨黄豆。书声揉着豆香，飘出破旧的小屋，飘向远方。

1995 年，我上初三，整天骑着一辆二八自行车和我东邪西毒南帝北丐的兄弟们华山论剑、替天行道。那天我闯荡江湖回到家，爸爸问我："你是什么帮派？"

我看了看刚剐破的裤子说："丐帮。"

爸爸说："巧了，我也是丐帮。"他随手拿起了一根烧火棍说："来，看看我的打狗棒法怎么样？"

然后他开始追着我满院子打"狗"。可怜我"笑傲江湖无人敌，回到家里被爹欺"。

打完以后，爸爸问我："为什么不好好读书？"

我说："读书没意思。"

"看武侠片有意思？"

"嗯。"

"武侠片为什么那么有意思？"

我不说话。

"那是因为人家写得好！人家为什么写得好？"

我不说话。

"不想读书的话，跟我干活吧！"

"我要读书。"

"一边干一边读。"

我跟爸爸来到西厢房加工白薯粉条。爸爸把和好的白薯面团放进带眼儿的面瓢里，震动面瓢，瓢底漏出粗细均匀的面条，面条垂直泻入沸腾的开水锅里，然后成形出锅，就是白薯粉条了。我的活儿就是拿铁钩把白薯粉条从开水锅里勾出来，一钩一钩又一钩，单调而单一。

"你不是读书吗？读啊！"爸爸瞪着我说。

我左手拿书，右手提钩，口中念道："天将降大任于斯人也，必先苦其心志……"这下不单一了。

爸爸说："听听，人家写得多好。"

我说："你知道这是什么意思吗？"

爸爸说："不知道，但只要是书上写的就都好！记住，多读书不吃亏。"爸爸还说，他读到小学五年级就不读了，但他从未放弃读书。爸爸说的是真的。他种白薯，收白薯，把白薯打碎沉淀、晒成白薯粉，再加工成粉条拿到集上去卖。他是地地道道的农民，可书摊旁经常出现他的身影，虽然买到的都是印刷质量很差的盗版书，但他视若珍宝。他会修挂钟、电饭锅、自行车、拖拉机，他还研制了自动和面机，让左邻右舍加工粉条的叔叔大爷们不用再撸着袖子、甩着汗珠子手动和面了。爸爸是很棒的，爷爷说得也对。"舜发于畎亩之中，傅说举于版筑之间"，努努力，我也可以成就于粉条之中。

1999 年，我参加工作了。我的工作是在供销大楼站柜台，我负责卖文具，一块钱一个的本和两毛钱一根的笔芯是我接触最多的商品。我一个月的工资是二百零五块两毛六，我爷爷随便捡点碎粉头拿到集市上去卖都比我挣得多。我可是读过书的男人呀！这不是我想要的工作。我不干了！爸爸急了，爷爷落泪了——读书读了这么多年，终于读出来了，好好的工作说不要就不要了？

但我就是不要了。我开了一个服装店。我爷爷是卖水豆腐的，我爸爸是卖粉条的，我是卖服装的——读书没有改变我的命运，骨子里流淌的血液告诉了我该如何生活。

进货、卖货、打理店铺……我想对那些电视剧编剧说："你们编得都不对！你们根本不知道我们进货时为了省钱是如何睡广场的, 你们也不知道睡醒以后发现鞋和钱不见了是什么感觉, 你们不知道批发市场的老板们是如何改号换码的, 你们也不知道我们是如何哄着顾客买完一件再买一件的……现实的生活远比你们想象的精彩, 而这些在我读过的书里从来没有出现过。"

我想, 读书没有改变我的命运, 我的命运还是我的命运。

2021 年, 我儿子上初三了。那天, 他坐在店里问我: "爸, 你为什么不看书?"

"我又不考试, 我看什么书?"

"谁说不考试就不能看书呀? 看书是因为书里有东西。爸, 你不觉得你身上缺少一种味吗?"

"什么味?"我问。

"书香味。"

我没理他。店里有一位顾客, 以前他每次来都能买个两件、三件的, 而且特别痛快, 可今天不知道为什么, 他已经在这儿选了好一会儿了, 貌似一件也没相中的, 再这样下去这一单就要丢了。我悄悄告诉店员: "介绍一下咱们新到的那两款。"店员一脸无奈地说: "已经介绍两遍了!"我叹了一口气。现在的生意越来越不好做了。

"爸, 你不这样觉得吗?"那个小崽子还在追着我问。

"你直接说我身上全是铜臭味就行了。"我瞪了他一眼。"如果我身上没有铜臭味, 你吃啥穿啥花啥! 还能这么悠闲地在这儿吐酸水? 我告诉你, 我感觉我身上的铜臭味还是太少!"

"铜臭味少是因为没有书香味做引子。来, 让我告诉你什么叫'引子'！"他走向了我一直在关注的"上帝"。

"叔叔，您刚才没听清楚，我家店员阿姨说的'好看'可不是简单的好看。"他对那个"上帝"说。"您看这条牛仔裤，又旧又破，感觉和您家里扔的那两条没什么区别。但其实，这就是它们的区别。您家里那条是穿破的，让您看着就烦，穿上就想扔。但这条是设计师设计破的，这里面有设计师的创意和付出，它破得别出心裁、与众不同。您再仔细照照镜子——潇洒不羁、自由内敛、悠悠时光是不是全在破洞里？而且，这条牛仔裤绝对是百搭款。您看，您配这件青色的卫衣——青袍美少年，黄绶一神仙；配这件花衬衫——一朵梨花压海棠，玉树临风胜潘安；配这件净版白T恤——陌上人如玉，公子世无双！这条裤子您一定要拿上，至于这三件上衣……"

"都拿着吧！搭在一起确实挺好看。""上帝"说。

就这样，儿子三言两语就推销出去了四件衣服。不，是五件，后来打包的时候，"上帝"说三件上衣一条裤子没法洗换，又选了一条裤子。"上帝"走的时候摸着儿子的头说："小孩儿嘴挺甜，虽然知道你是在恭维我，但就是爱听！下回带我媳妇来，让你夸夸我媳妇。"

"上帝"走了。店员跟我抱怨说："老板，不是我不会卖，是你不会教呀！你平时要是也这么教，我都能成销售明星！"

儿子挺挺胸脯不说话，眼里却是满满的骄傲。

我想不服，但好像不行，于是我给他出了一道难题："我直播卖货没人看怎么办？"

儿子说："你的套路太老，什么便宜呀特价呀……"

　　"我也给他们讲穿搭技巧。"

　　"人云亦云，老生常谈！"

　　我白了他一眼。

　　"所谓剑走偏锋情归坦途，你不如讲讲你经商十八年的故事。"

　　"什么剑什么途？还有，我不会讲故事。"

　　"爸，你多读读书吧！"

　　这话听着有点耳熟，好像我爷说过，我爸也说过。也许我真的该多读点书了，免得让毛头小子指着我的鼻子教育我。哎，这年头，没点文化都不好意思出来混。

书籍伴我走天涯

刘鸿儒

自　嘲

名为鸿儒实白丁，本是地球修理工。

少年挨饿去东北，黄粱美梦一场空！

就读"北大"[1] 四十载，生活大书没学通。

年过不惑犹为惑，孔子面前弄书经。

这首打油诗概括了我的大半生。名为先辈所起，我嫌笔画多难写，私自改为洪如。爷爷很生气："这名字有讲啊！"后来读了《陋室铭》才明白了前辈的良苦用心。

我家虽非书香门第，却崇尚读书，我从小便接触到书。记得最早看的书有苏联小说《普通一兵》《钢铁是怎样炼成的》，

---

[1] "北大"：北大荒。

周立波的《暴风骤雨》等,似懂非懂地翻看着。高尔基的人生三部曲,小学时就读过了。

书香滋润了幼小的心田,作文便好些,常被老师当堂宣读。还记得一位教语文的金老师对我说:"你将来当了作家或诗人,可别忘了我啊!"时光流过半个多世纪,金老师的话还响在耳边!敬爱的老师,学生辜负了您的殷切期望了!什么作家?发点小文而已。

但,漫长的文学梦开始了。我梦想做刘绍棠式的神童作家(当时很有名的),或艾青般的大诗人。于是更拼命地读书,中学时学校有《红专半月刊》,我是特约通讯员。至今我还保存着那粉红的油印小证,它是我梦中第一朵美丽的小花……

突然,一场大饥饿无情地粉碎了我的黄粱梦。山芋干都吃不上了,人们下洼打地梨(一种圆形的野草根),采树叶充饥。人们开始"盲流",为了生存,我们全家也加入"盲流"队伍,奔向东北……

我有点像庄周梦蝶:"昔者庄周梦为胡蝶,栩栩然胡蝶也……俄然觉,则蘧蘧然周也。不知周之梦为胡蝶与,胡蝶之梦为周与?"我文学梦做得美美的,醒来却是"小盲流"!

命运把我变成"小盲流",心不甘!为了不忘记文字,或有意地积累,我坚持写了五十多年的日记。那沉甸甸几袋子东西,是我人生的感悟与追求,有辽宁的风尘、吉林的风雪、黑龙江的波涛……

饥饿分两种:肚子和头脑。没有书也饿,流浪中我背包中一半是地瓜干,一半是书——"书籍是全世界的营养品"(莎士比亚）。

离开母校，步入更大的课堂，好大啊！东北三省，"同学"真多啊，来自五湖四海，为了共同的目标——填饱肚子，走到一起来了。口音南腔北调，性格形形色色，却都是一本书。在生活这部大书里，我学到了许多书本上没有的东西。

读万卷书，行万里路，阅万千人。我虽未读万卷书，但万里路走了，阅人何止万千？阅人如读书，从某种意义讲，读无字书更重要。

感谢生活，使我上"北大"。后来赴京领奖曾参观北大，不过一塔（博雅塔），一湖（未名湖），一图（图书馆）而已。而我上的"北大"，用阿 Q 的话说"阔多啦"！那广袤的黑土地有多少神奇的故事，那无边的林海魅力无穷，黑龙江滚滚东去，浪花歌唱垦荒英雄……

"书籍不仅是我们的朋友，而且是我们经常的伴侣。"（别德内依）一旦养成读书的习惯，随处可读。我串门，盯着糊墙的报纸看；卖货，包装的旧报纸也是宝贝。每到一处，我都会交图书馆的朋友。在黑龙江逊克县图书馆，我查找在《黑河日报》发表的小文，一位女馆员热情地帮我找到。聊了一会儿，她得知我大儿子要去一中重读，热心帮介绍。我钱不够，她慷慨解囊。仅凭报上一篇小文便成好友，大事小情，帮了我多少忙！

家庭是社会的细胞，有啥样的家庭，就有啥样的孩子。常有人问我："你家那么困难，孩子却都考出去了，家庭富裕的反倒考不上，为啥？"教育的最高境界是影响。"读书人家的子弟熟悉笔墨，木匠的孩子会玩斧凿，兵家儿早识刀枪"（鲁迅）偏远的北大荒农场，一介农工之家，没有像样的家具，却有个大书橱，装满了图书，这在农场十分罕见。

我如何读写？上班是拖拉机的轰鸣，下班有繁杂的家务，于是便选择了清晨。晚早睡，晨早起。一盆冷水冲去睡意，一盏孤灯迎来黎明，生活的感受从笔尖汩汩流出，落在一个个方格里……一早挤出两小时，一月就是 60 小时，一年 720 小时，就挤出了一个月"创作假"。

父母是子女第一位老师，你的一举一动，一言一行都会潜移默化地影响他们。我好学，孩子们学习好，浓厚的读书氛围使我们获益匪浅：后来我小文发表，获奖，他们也考上大学，一举两得。

对于子女，最好的遗产是什么？金钱？权势？非也！授人以鱼，不如授之以渔。钱会花完，打鱼的本领却可以受用一生。另外，子女不仅是我们的私有财产，还是国家的未来。与其说国家的命运掌握在政治家手中，不如说掌握在家长手中！如此看来，我们的责任太大了！

书是我的亲密朋友，退休返乡时，面对满满一橱书很为难，肯定不能全带走。首先，工具书不能卖，是我的"锄头"。其次，拙作不能丢，虽写得不好，却是"亲生"。再者，师友们赠书不能卖，是深厚情谊：北京的刘征、朱铁志老师，哈尔滨的陈凤翚老师……一本本大作，苍劲签名。选来挑去，还剩两大袋！

回乡侍奉父母，二老去世后，我们也垂垂老矣！移居大连女儿处养老，搬家又面临择书之难，除上述书之外，还有满满一抽屉获奖证书，这是数年笔耕的结晶啊！

"默默耕耘的人，其实是最智慧的人。"（黑格尔）我哪有智慧？且就三本证书说说来历：

1995 年，我在媒体看到一则"东北三省杂文大赛征文启事"，就写一篇寄出。我们下层业余作者，稿件被采用的希望很渺茫，非名人，无关系，发表足矣，岂敢奢望获奖？谁知，小文不但发表，还获了奖。当时，东北三省每省有十家省级报刊参赛，每省从一年发表的大量作品中评出十篇获奖作品。狼多肉少，竞争十分激烈，我一介农工获奖（黑河地区仅我一名），引起关注。

于是，《黑河日报》采访，电视台录制《百态人生 布衣鸿儒》专题片，省《龙江人才》发表人物专访《梅花香自苦寒来》，好像"火"了一回。

2004 年，我在《故乡报》上读到"全国农民读书征文"获奖名单上发现我名字，重名？因为我并没投稿。电话一问，回答说："就是你，快到图书馆领奖。"胖胖的图书馆馆长说明经过："我看到报上你的《拾柴有感话今昔》，感到不错，便报上去。结果，天津市通过，上报北京，也通过了。你感谢我吗？"我们哈哈大笑！翻看着盖有中宣部、文化部、新闻出版总署、共青团中央、中央人民广播电台等八个大红公章的获奖证书，我真感谢图书馆馆长！

2011 年，我有幸参加了由中国散文学会举办的全国散文学会论坛征文大赛颁奖大会，聆听著名作家讲课，与全国各地及来自美国、澳大利亚的获奖作者交流，获益匪浅。特别是曾明路老师，她是北大中文系的硕士研究生，和丈夫去美国定居。我们畅谈文学，后来她办网刊，我投稿问："您还认识我吗？""怎么不认识？刘鸿儒老师，散文同学，我们合过影。"她把我的小文及赠她的小书照片在网刊发表。登上钓鱼台领奖，是终生荣耀。

点滴收获，与大家相比，九牛一毛，海水一滴。这一切，源于读书。"天下第一好事，还是读书。"（张元济）对于老人，读写是最好的养生，活动脑筋，振奋精神，不会痴呆。现在生活这么好，谁不想多活几年？我多年前读过一首诗，作者姓名忘记了，但诗句难忘：

希 望

你摘下天上的星星
你不要说摘下了希望

你采到了路边的小花
你不要说采到了希望

你的希望在遥远的尽头
你不要说希望太遥远

你必须走完这条路
你不要说太困苦艰难

世界名著

冀星霖

　　与你对坐　早晨的天空展开湿润的羽毛　向山的那边　林子是一片等待涨潮的大海

　　我用我的白云接近东方　我的夜空星辰莅临　我的手在开门的时候　带着我的身体离开了家

　　面对你的扉页　太阳訇鸣　我看见云彩泛红　风中飘荡着他人的记忆

　　你的目录　列举了黑暗中阒然陨落的花朵

　　与你对坐　你的文字是一束束光线　洒向人间的　你的陆地展开　一片片明亮的土地上生长着与季节无关的庄稼

　　我用我的叶子装饰你的树干　我的蝉声坐落在古道两岸我的水面翻腾着惊飞的浪花

　　面对你的章节　我认识的人踏着词语的栈道走来　以及记

忆中离去时的影子

　　幻想　在你的荒原中流出了甘洌的清泉

　　与你对坐　远方不再遥远　安居乐业的人们与太阳一起早出晚归　虚构着生活的细节

　　我用我的故事面对苍天　我的正午到来　我的汗水漫过额际　携带我的思考漫过岩石

　　面对你的情节　我用我的浪沫亲吻所有的脚印　而足音前行　从水面以下

　　你的角色经过沧桑　沉积为每一个季节的地层

　　与你对坐　向大海一方的　江河一意孤行　风声鹤起　掠过空空的峡谷

　　我用我的民歌与你对唱　珊瑚之间　我的鱼群漫游　我的水草以植物的方式饮用阳光

　　面对你的叙述　我追随到天涯和海角　寻找一方纯净的疆域

　　海市蜃楼　宁可相信是热闹的异乡

　　与你对坐　当天空披挂彩霞而归　万物的影子伸向东方影子是彼此展开的夜晚

　　我用我的月亮思念家乡　我的星星闪现　我的灯光亮了在我辽阔的海岸线上延长

　　面对你的尾声　我听到门扇吱呀关上的声音　世界和世界之间　我看到墙壁和地板

　　然而梦　是概括风景的窗口

读书真乐事

杜春磊

我出生的村子名叫石庙村，位于鲁中山区。清朝光绪年间，村里曾出过一名举人，百年已过，繁华皆尽，唯有举人家门两侧石条上"耕与读两般教子，勤和俭二字传家"的家训依然引人注目。在农村人心中，读书是光宗耀祖的事情，读书可以改变一个人的命运，改变一个家族的地位。

20世纪90年代，我读小学时，村里还没有通电。夕阳西下，归鸦驮暮，夜幕降临，村子阒然。多数人家摸黑吃晚饭，不点一灯一烛，只有少数人家点起蜡烛，豆大的烛光在屋里跳动，孩子们在烛光里埋头写作业。倘若孩子分神，立刻遭到家长的训斥，甚至是皮肉之苦。农村人生活节俭，家家户户省吃俭用，孩子写作业时才舍得点蜡烛。村民们深知读书的重要性，宁肯少吃几口粮少裁几尺布也要供孩子上学念书。暑假结束，临近升学，孩子们面临没有课本的窘境。孩子没有课本，只能在家哭鼻子，父母没有办法，连夜到亲戚家或者村里高年级学生家中借书。课本如此紧缺，课外书更是一书难求，拥有一本小人书足以在小伙伴面前炫耀很久。

小时候，最幸福的夜晚是夏夜。皓月当空，繁星满天，月光如水洗，万物皆涂擦了一层暖色，萤火虫飞上飞下，忽左忽右，夏风徐徐，池塘里传来阵阵蛙鸣。村北老槐树下有数米长供人休息的石条，晚饭后村民坐在石条上纳凉，谈论家长里短和地里收成，这是村民们的舞台，更是孩子们"读书学习"的乐园，只是所读的书是无字书，所学的知识是口头传授。村里有一耄耋老人，小时念过私塾，长大后走南闯北，人生阅历丰富，听过不少书，爱讲故事，经不起孩子们的软磨硬泡，老人凭着回忆坐在石条上说起了书，说的无非是《西游记》《三国演义》《水浒传》这类耳熟能详的故事。听书显然比读书更有吸引力，前来听书的孩子越聚越多。自家孩子来听书了，村民们无事可做，也跟着孩子来听书，所有人将老人团团围住，密不透风，老人只好握一蒲扇上下扇风。老人说书前先咳嗽两声，清清嗓子，人群立刻安静下来，老人张口便来。那时很敬佩老人的记忆力，村民们说老人念书好，读了很多书，孩子们梦想长大了也能像老人一样上知天文下知地理。夜深了，老人打起哈欠，孩子们才在家长带领下依依不舍地回家。第二天，孩子们早早写完作业，匆匆扒几口晚饭，就跑到大槐树下占地儿，继续听老人说书。在那个精神生活匮乏的年代，乡野说书虽是无字书，但如涓涓甘泉，滋润了孩子们心灵深处贫瘠的荒地，播撒了文化的种子，百草葳蕤，百花齐放。

　　高考过后，来连求学。大学期间，我除了借阅学校图书馆里的图书，每个周末乘坐公交车到大连兴工街长兴农贸市场的地下图书城逛书店，百余家书店，从头逛到尾。逛书城有以下好处：一是图书种类繁多，分门别类，涵盖各个学科；二是阅读自由，不受图书馆管理制度的束缚，可站可坐，可行可止；三是及时了解文学动态。遇到自己喜欢的图书有折扣活动，即使囊中羞涩，也要从牙缝里省出生活费购买，带回学校，课余时间慢慢阅读。如今参加工作，有了稳定的收入，除了基本的日常生活开支，我依然坚持购书的习惯。书多了，需要找地方放，书柜早已变成一面书墙，书柜放不下，书桌上放，书桌上的书摞得摇摇欲坠，再增加一个座椅，往座椅上摞，家里的书房俨然成了一个小型图书室。

　　书是良师，亦是益友。师者，传道授业解惑；友者，相伴而行不弃。上下班路途远，耗时长，随身带一本书，路边等车时可读，坐公交车时可读，坐地铁时可读，只要有空闲，便可翻书阅读。如此好友，不是酒肉朋友，无须推杯换盏、把酒言欢，只要打开书，不请自来，春来秋往，寒冬酷暑，有书陪伴的日子是幸福的，读到勾起共鸣的文章，大呼过瘾，如此文化盛宴，胜过任何美酒佳肴。

　　天下第一件好事还是读书。张岱是我比较喜欢的古代文学家，才藻富赡。他的作品情致深永，字里行间流露出自己的真性情，意境深远。读《陶庵梦忆·西湖梦寻》时，心生羡慕，梦想自己也能像他一样寻得心灵上的清净，活得洒脱自然。我钟爱张岱的《湖心亭看雪》，百读不厌。己亥年春，独往西湖。

坐游船荡游西湖，环游湖心亭，遗憾未能登亭。摇船的女船家得知我因张岱的《湖心亭看雪》而来，说知道此文的人少，因此文而来西湖的游客我是第一位。想起张岱在文中所写："及下船，舟子喃喃曰：'莫说相公痴，更有痴似相公者！'"我想这就是优秀作品对后人的影响吧！庚子正月，飞雪漫天，朔风劲舞，看着窗外雪景，脑海里浮现出《湖心亭看雪》中的雪景描写："雾凇沆砀，天与云与山与水，上下一白，湖上影子，惟长堤一痕，湖心亭一点，与余舟一芥，舟中人两三粒而已。"大连与杭州相距千里，如此雪景在大连是寻不到的，更不能赶在杭州大雪之日去赏雪，只能通过读书，以书为舟，畅游历史长河，了解古人的生活点滴，感受古人生活的心境和文字的意境。如此乐事，何乐而不为？

明代陈继儒在《小窗幽记》中写道："闭门即是深山，读书随处净土"。当今社会，生活节奏加快，静心读书者少。于我而言，每天最惬意的时光是晚饭后。吃罢晚饭，掩上书房房门，独坐书桌前，看着书柜、书桌、座椅上林林总总的书，整个人的精气神儿提了起来，幸福感油然而生。或席地而坐，或正襟危坐，或缓步而立，拿起一本书，随意翻读，淡淡书香扑鼻而来，沁人心脾，品读书上文字，去寻找内心深处最快乐的源泉。

乐事多，读书真乐事。

为什么书可以装得下世界

付学慧

说到读书，我的思绪总会回到 13 岁那年。

那年，同宿舍的一个女孩，每到中午都会右手拿着一把勺子，勺子里有半勺饭，饭在嘴边却并未进入口中。她的眼睛随左手而动，左手里也不知翻着金庸还是古龙，她的心应是跟着英雄一起行侠仗义去了吧？反正，我们的尖叫、玩闹全与她无关。

那时的我，自认为和她不是一类人。我至少不会让语文老师大发雷霆，一周没收了她五本书，一本书押金 10 块，5 本 50 块，两周的生活费没了。

直到有一天，她问我："你想看《红岩》吗？"红岩？红岩是什么？她说到了"渣滓洞"，说到了《有的人》，说到了"江姐"，课本上的人物、故事、诗歌，突然出现在了让我不屑一顾的小说里，我好奇、动容，陷进去了，一发不可收拾。

记得第一个中午，我一个人坐在床上发疯，自问"怎么可以这样"。第二天为书着迷的是一宿舍的人……

到今天，我真的想亲口和她说一声感谢，是她给我打开了书的大门。

在父母的眼里，我是一个叛逆的形象，在他们的强势"打压"下，我没有消沉，也没有激进，书的功劳很大。

和父母冲突最大的那一年，我 15 岁。想上高中，而父母拒绝了，他们不给我交学费，强行把我送到了师范学校，我想不通为什么。一次次瞪大双眼厉声质问，让他们哑口无言；他们的一次次深夜彻谈，让我一次次妥协，却从未原谅。也是那一年，我有幸接触到了高尔基的《童年》，从他的笔下认识了一个神圣的、自带爱的光辉的母亲。那么好的母亲，在爱幻想的年纪里平息了我心中的怒火，我开始思考接下来的人生。

如今，我常常想，为什么书可以装得下世界？

答案是，我的世界很小，书中的世界真的很大。

做女儿时，是书帮助我抚平和父母的矛盾、冲突。当了妈妈后，书以绝对高的姿态引导着我怎么去和孩子对话。

我给孩子买的第一本书叫《给孩子读诗》。买那本书时，我怀孕四个月，刚刚能感受到如蝴蝶飞过一般的胎动而已。每天晚上入睡前，我整理好一天的疲惫，以恬静的心态，温柔的嗓音开始为她读诗，脑海里幻想着她一定是位大眼睛、爱笑的女娃娃，想着什么时候我可以拉着她的小手走过诗中的每一份惬意与浪漫。

现在她 4 岁半了。

暑期和她共读《长大以后做什么》，她说："妈妈，我长大了一定要做一只小企鹅，那多幸福啊！这样我就可以生活在南极，天天都能见到冰雪了。"看着她纯真的笑脸，听着她对梦想的陈述，我有那么一阵的走神儿。在那之前，我曾无数次问她："虫，你长大了想做什么？"她的回答是"不知道"。我进一步引导："像妈妈一样做老师？""要不做医生？"……她的回答永远是"不要"。

书，帮我的孩子打开了一个不按常理出牌的世界。

短暂的愣神之后，我笑容满面，孩子已经在享受书给她的快乐。

现在的妈妈陪孩子读书的真的很多！我陪孩子读书最初的目的就是希望孩子学会享受生活，享受爱。因为有爱，挫折、困难又算得了什么呢？

前些天，孩子突然问我："妈妈，我们家为什么就不能有专门算算术的书呢？例如 1+1=2，2+2=4。"

我说："可以啊！马上就买！"

因此，她不知怎么就学会了写数字，也在不知不觉中学会了简单加减法。都是书的功劳吧！

我认为不搞学术研究的人，读书就是围绕着生活转的。生活包括了孩子、工作，以及你所有的情绪。说到学生，作为一位老师，和学生一起读书，我是在师范学校上学时受一位老师的启发。那时的她在写一本儿童小说，她发动我们全班和她共著图书。那时我觉得这件事特别奇妙，我给书中那个主人公设想了太多的情节，结果小说还没开始，我就毕业了。毕业后第一年，我进入一所小学，遇上了一批调皮鬼。我和他们说，只要他们听话，我就给他们讲故事。那一年，我一边给他们讲杨红樱的《淘气包马小跳》，一边讲自己编的各种小故事，那种感觉真的太幸福了。他们犯了错，我讲故事教育；表现好了，我讲故事奖励。每当68双眼睛带着光注视着我的时刻，我觉得我就是镁光灯下的学者、明星。

我现在带的班级，学生个个个性鲜明，讲理的、冲动的、不说话的、时常激动的齐聚一堂。作为他们的老师，我在困顿无奈时，常常捧一本书。那本书或许不是名著，也和教育教学没有什么关系，但是可以让焦灼的我冷静下来思考，让无奈的我整装待发。

前些天因为一个学生，我读了台湾作家张晓风的《我交给你们一个孩子》，里面有这样一段话："各种方式的知识传递者啊！我的孩子会因你们得到什么呢？你们将饮之以琼浆，灌之以醍醐，还是哺之以糟粕？他会因而变得正直忠信，还是学会奸猾诡诈？当我把我的孩子交出来，当他向这世界求知若渴，世界啊，你给他的会是什么呢？"

我能给他们什么呢？我无法给他们铺设平坦大道，也无法给他们幸福美满的家庭，甚至无法把我掌握的知识倾囊相授。我只能给他们一本书，书会给他们路，给他们方向，给他们想要的爱。

书，装下了我的世界，相信会给我亲爱的孩子们一个更大的世界吧。

读书是一种习惯

陈　霞

关于读书，我要感谢我爷爷和我侄儿。

我是爷爷奶奶带大的。爷爷是一位校长，他常常坐在椅子里读书，正在玩耍的我看到了，立即搬条小板凳坐在爷爷跟前，拿起一本书，学着爷爷的样子读书。正在做家务的奶奶见了，表扬我："瞧，霞也读书了呢！"这一表扬，我越发喜欢读书。当时我并不识字，只是看书本上的插画，那些美丽的插画把我吸引住了。我跟插画上的小孩说话，可她不理我。我喊她出来一起去柚子树下扮家家酒，她不答应。我告诉她扮家家酒很好玩的，她还是不理我。柚子树上有很多柚子，秋天，就可以吃到柚子了，我也告诉她了，她还是不说话。哪有孩子不爱吃柚子的呢，我不理解她。那些密密麻麻的字，对我来说，只是排列整齐的小"蚂蚁"。起初我以为"蚂蚁"们睡着了，我大声地喊，大声地唱歌，但是它们没有醒来。我不明白它们为什么要住到书本里，难道是因为外面太危险了，住在书本里比较安全？合了书本后，爷爷问："霞，你看懂了些什么？"我滔滔不绝地讲起书里的内容，基本上都是我编的故事。爷爷连连点头，说："不错，不错。"

我站起来，踮起脚，探过头，去看爷爷在读什么书。发现爷爷手上捧着的书很特别，书上的"蚂蚁"不是排成一横一横的，而是排成一竖一竖的，有大"蚂蚁"，还有小"蚂蚁"。

"爷爷，这是什么书呀？"我好奇地问。

爷爷用手指点着书封面上的"蚂蚁"讲道："《幼学琼林》，诵国学经典，悟人生智慧，修品格良知，立天地之人。"

"我也要读。"

"好，爷爷教你。"

从那天起，我慢慢地认识了一些"蚂蚁"的名字了，摇头晃脑地读着："混沌初开，乾坤始奠。气之轻清上浮者为天，气之重浊下凝者为地。日月五星，谓之七政；天地与人，谓之三才。日为……"

我坐在走廊里大声地读书。楼下有孩子喊我去玩。我摆摆手，说："我不去，我要读书。"那孩子会说："我们去扮家家酒哦。"我犹豫了一下，说："我不去了，读书比扮家家酒更有趣。"

爷爷有一个古书柜，是太爷爷的遗物。古书柜里有很多书。暑假，爷爷带着我把书柜里的书都拿出来，搬到屋顶上。我们顶着大日头，把书摆放整齐。这是一年一度的晒书仪式。

"爷爷，等我长大了，书柜可以送给我吗？"

"霞，你要认真读书哦。认真读书的孩子才配得到这个书柜。"

"我会认真读书的。"

"让读书成为你的习惯。"爷爷意味深长地说。

渐渐地，爷爷教我读了《三字经》《弟子规》……他讲了《孟母三迁》的故事给我听。

奶奶常带我去买裙子。把漂亮的裙子买回来，奶奶和我都很开心，而坐在椅子里的爷爷却很严肃。

爷爷对我说："霞，一个女孩十几岁，二十几岁，人们说她好看，她会很高兴。可是等她五六十岁，不会有人说她好看了。可是，一个女孩专心读书，认真学习，通过自己的努力，成为一个有才华的女子。就是她八十岁了，九十岁了，人们还是会尊敬她，称她为才女。"

我点了点头。从此，我很少买衣服了，总是穿姐姐们不要的旧衣服。

夏夜，爷爷奶奶带着我坐在柚子树下乘凉。爷爷轻轻地吟诵着："繁星闪烁着——深蓝的太空，何曾听得见他们对语？沉默中，微光里，他们深深地互相颂赞了。"

"好美的诗！"我赞叹道。

爷爷缓缓地讲起了冰心，"冰心是现代著名女诗人，女作家，女翻译家。她的作品里写的是母爱、童真和大自然。将来，你会在课本里学到她的《小橘灯》。"

在我小小的心里，冰心成了我的榜样。

我记得爷爷还常跟我讲鲁迅。他读《从百草园到三味书屋》

给我听。"……不必说碧绿的菜畦，光滑的石井栏，高大的皂荚树，紫红的桑椹……"听完后，我是多么想去百草园玩呀。

上中学后，我开始读鲁迅的《朝花夕拾》、《彷徨》和《呐喊》等。鲁迅的文字是深刻的，他写得很好，我很喜欢读。鲁迅具有深刻的思想，他又用独特的文风把他的思想表达了出来。

《药》《阿Q正传》《祝福》等是以农民为题材的小说，鲁迅以一种沉痛的笔调描写主人公的穷困和愚昧，以及对造成中国农民穷困状况的根源进行反思。《孔乙己》是以知识分子为题材的小说，鲁迅把孔乙己这个人物形象塑造得很成功，给读者留下了深刻的印象。

鲁迅善于简短而清晰地在一些人物形象中表达一种思想。他用简洁而生动的语言来刻画人物，叙述故事。爷爷说："霞，你认真读鲁迅的文章，对你写作会有很大的帮助。"

冬天，爷爷和我坐在火盆前（每天，我放学回到家，火盆里的木炭很多，而且都是红红的。屋子好暖和。爷爷告诉我，奶奶看了看墙上老钟，知道我快回来了，赶紧往火盆里添木炭），一边烤火，一边聊读书，当然，我们聊得最多的是鲁迅。

记得有一次，我向爷爷请教写作文的方法。爷爷讲道："无他术，唯勤读书而多为之。没有捷径可走，多读书、多想象、多思考、勤练笔。"

现在，我已经是一个大人，还经常怀念和爷爷一起读书的日子。他教我古文，教我平平仄仄，教我读英文，"book"是爷爷教会我的第一个英文单词。那些日子是多么快乐，多么充实。

2010 年，我的侄儿出生了，我当姑姑了。他晚上不肯睡觉，我便读书给他听。他那专注的表情真是可爱呀。

侄儿长到三岁，我带他读图文并茂的绘本。一看到书上的插画，他就睁大了眼睛，伸手去摸。我读书上的文字，他认真地听着。我们一起读《自己的颜色》《下雪啦》《小黑鱼》《鱼就是鱼》《獾的礼物》《一只奇特的蛋》《母鸡萝丝去散步》《爷爷一定有办法》……

有时间，我还教他读《三字经》。小小的侄儿摇头晃脑大声地读着："人之初，性本善，性相近，习相远。苟不教，性乃迁，教之道，贵以专。昔孟母，择邻处，子不学，断机杼。窦燕山，有义方，教五子……"

周末和假期，我常带侄儿去书吧或者图书馆读书。

"姑姑，我们为什么要读书？"侄儿边走边用稚嫩的声音问我。

"航航喜欢玩游戏吧？"我没有直接回答他，而是问了他这个问题。

"那当然。"他很肯定地说。

"我们家就只有你一个孩子，你玩游戏时会遇到找不到玩伴的困难……"

侄儿抢着说："所以，我只能找姑姑陪我玩游戏啦。"

"嗯，是的。但是，姑姑工作时没法陪你玩。"我说，"当你玩读书这个游戏时，就不用担心没有伙伴了。"

侄儿一脸疑惑地看着我。

"书里有很多伙伴等着你呀。"我说，"你打开书，树对着你露出一个神秘的微笑，你侧头一看，一只兔子躲在树后面，它在跟你玩捉迷藏的游戏呢；一只公鸡不是喔喔叫，而是提出了七个问题；一只老鼠蹦蹦跳跳领着你走进了树林深处，开始了一次历险；你耸着耳朵能倾听星星的话语；一个奶奶走进海螺里面了，你也跟着走……"

到了图书馆，那么多图书的书脊放出夺目的光彩，我和侄儿迫不及待地奔向书架。

陪侄儿读书，就像一棵树摇动另一棵树，一朵云推动另一朵云，一个灵魂唤醒另一个灵魂，是一个润物细无声的过程。

侄儿读什么，我会给出一些意见。一本好书会在孩子的心中打下正直、善良、正义、同情、乐观的精神底色。一些经典的书必须读原著，必须精读。他读《红楼梦》时，我陪伴在他身旁，和他一起读，一起探讨。

我会根据侄儿的阅读内容提出问题，让他思考。学会思考，对语言，对一本书的内容会有更深入的理解，通过解决问题来让思维升级。与书籍为友，与大师对话，从阅读中汲取知识和智慧，永远对这个世界未知的部分充满好奇，保持热情。

在陪伴侄儿的同时，我又重温了很多书，有很多新的理解，这是意外的收获。

"至乐无如读书。"人生最快乐的事莫过于读书。一个人知识的丰富，精神的陶冶，智慧的启迪无不来源于阅读，阅读能给人带来终身的幸福。

正如爷爷希望的那样，读书成了我生活的一部分，成了我的习惯。

简简单单地爱

陆凤萍

那年，我在一个偏僻的小站上班，工作简单无趣、生活单调无聊，前途黯淡，唯一的乐趣就是捧卷阅读，品味书香。这时，一个男孩走近了我。他对我很好，但生性敏感的我对他冷若冰霜，拒之千里。因为在身边人眼里，他高大帅气，家境优渥，而各方面都平淡无奇的我几乎是配不上他的。

然而，他似乎并不在意我的冷淡，一如既往地对我好，什么都愿意为我做，什么都舍得给我。那时他的工资比我高得多，他要给我买衣服、买首饰，但可怜的自尊让我总冷冷地拒绝他。一天，他又骑车二十多里来看我，却没遇到——我到邻近的镇街上了。

那时，我上街逛得最多的就是新华书店。有时站在里面看书，能站半天，常常一直到书店打烊才恋恋不舍地离开。当时，我徘徊在一个书架前，心绪复杂地看着里面新到的一批世界名著，每一本都是我想望已久的，可是囊中羞涩，我只能一一拿起，又依次放下。踌躇了好一会儿，我决定从中选择一本，却拿不准到底买哪一本……恰巧，这一幕被找到店里的他看到了。他轻轻走到我身边，径直拿起那一套书要给我买，我却固执地不肯要。我们俩就木头一样地僵立在书架前，过了好一会儿，可能知道自己是犟不过我的，他轻轻地叹口气，缓缓地把手里的书一本一本地放回到书柜里。抬头那一瞬，我无意瞥到他漂亮的眼睛中落寞、受伤的神情，我心中痛了一下，蓦地生出一丝不舍，于是放缓口气说，我只要一本。

哪一本呢？他惊喜地抬头，亮亮的眸子紧盯着我。

随便。我面无表情地避开他的目光，心里却暗暗偷笑，得意于把自己纠结的难题交给了他。

他在书架前犹豫了一会儿，拿起其中一本——《简·爱》。

似乎注定了我们的缘分，这本书一直是我的最爱；他，也成了我的爱人。

后来，我曾问过他，那天怎么选这本书。他说看封面上女人清高的神情与我相似，而且这个书名是他喜欢的——《简·爱》，就是简简单单地爱嘛。

虽然，他曲解了书名的含义，但他的解释何尝不是精确的呢？这本书，让我知道了自己如何对待爱情——遇到真爱，那就简简单单地爱。

是的，《简·爱》主要讲述的就是一个简单的类似于灰姑娘的爱情故事，穷姑娘简·爱与富家子罗切斯特彼此爱恋，相互试探，最终摆脱一切旧习俗和偏见真心相爱。他们扎根于相互理解、相互尊重的基础之上的深挚爱情，让我深深感动。洋溢其中的诗意韵味和激烈情绪更是激起了我情感上强烈的共鸣，我甚至觉得冥冥中老天爷就是要促成我和他之间的爱，所以才让他给我挑中了这本书，要不然怎么这么巧呢？毕竟，我和他之间，与简·爱和罗切斯特之间何其相似啊！他出众，我普通，他却爱我至深。因为，我也像简·爱一样，有值得他深爱的优秀品质：高雅的兴趣、丰富的心灵、善良的品质、有爱的灵魂、温柔的性情。这些，并不是所有的姑娘都拥有的。我心里有豁然开朗的轻快与舒畅。自此，和他相处，我不再像以前那样畏畏缩缩，躲躲藏藏，而是像简·爱和罗切斯特相爱那样大大方方，坦坦荡荡。

我的转变与坦诚让他万分欣喜，他对我更好了。感动于他的真心，况且我也爱他，我又为何不接受他呢？我们顺理成章地恋爱了，结婚了。新婚之夜，看到那本《简·爱》被我当宝贝似的放在枕边，老公以为我把它当成了我们的定情之物，他并不知道，这本书让我收获的还不仅仅是我们之间的爱。

是的，除了爱情，《简·爱》让我收获了太多的爱——对阅读的爱，对写作的爱，以及对生活的爱。

至今，我都不能忘记这本书带给我的巨大的温柔与力量、触动与震撼、充实与光明。

要知道，这是一部具有自传色彩的作品，书中的故事与作者的经历非常相似，书中主人公的勇敢与抗争并不单单体现在爱情上，还表现在其他方面，比如不屈命运、不安现状、不甘平庸，这才使得出生低微、受尽磨难的她争取到了应有的幸福与自由。可以说，这是一个个人奋斗者寻找出路的艰难历程，是一本用自己的心灵与强烈的精神追求铸炼的书，含着作者无限的情感和个性魅力，是英国女作家夏洛蒂·勃朗特"诗意的生平写照"。其独特而真实的描写手法，让人不由得身临其境地感受主人公的所思所想，从而体悟到精神追求的可贵，懂得了一个人最重要的就是自立自强、自尊自爱。而从《简·爱》的主人公简·爱和其作者夏洛蒂·勃朗特的经历，我似乎也找到了让自己快乐与强大的力量源泉，那就是——阅读和写作。我深深地认识到，自己也唯有像简·爱和夏洛蒂·勃朗特那样，不仅仅是把阅读和写作当作避难所，而是把它当作了解世界、发展自己的途径，这样我才能够拥有克服狭隘和抵御平庸的有力武器。

自此，本来就喜爱文字的我也更加热爱阅读了。不是吗？还能有什么比阅读和写作更能让生活变得简单丰富，让内心变得宽广强大的呢？还有什么能像阅读《简·爱》这样的经典好书一样给你带来这样大的乐趣呢？还有什么能像读这种好书一样，能给我们带来这样大的启迪与收益呢？书中生动细腻的景物和心理描写，洋溢着一个平凡心灵的坦诚倾诉，凝聚着浪漫主义色彩与现实主义色彩，有着极强的感染力，其高贵的思想、抒情的笔触更是将其语言的韵味表达得馥郁深厚，让我每一次捧读，心灵都会为之震颤。不但激起心之深处从未有过的美感与快感，同时也获得无限的鼓舞与力量。诚如学习的经历激发了夏洛蒂·勃朗特表现自我的强烈愿望，促使她投向文学创作的道路，《简·爱》也激发了我表现自我的强烈愿望，于是一直心怀文学梦的我也拿起了笔。我的生活也日渐愉悦明亮，我的内心也越发地自信而从容。

幸运的是，老公一直是理解并支持我这方面的兴趣爱好的。婚后有了儿子，这时，我下岗了，老公一个人担负着家庭的重担，但他仍然记着我的喜好。每次外出，除了给我和儿子买衣衫吃物、生活用品，还给我买书刊杂志。回到家里，他总是抢着包揽所有家务，要是看到我埋头书本，还会特意把脚步放轻，或是把儿子哄到一边，不让他打扰我。

欣然感动之余，我也愈加牢记《简·爱》给我的思想灌输，懂得独立对一个女人的意义，懂得夫妻平等、不依附于人是爱情最好的保鲜剂。于是，身为家庭主妇和文学青年的我又报考了会计证和会计师证，等到儿子上学，拿到相关证书的我做了一名会计。我们三口小家的日子虽算不上富足，却也是衣食无忧、生活稳定。

偶尔，看到身边好多女人闲时追剧打麻将、遛狗做美容，我也会想，自己是不是也可以放松享福了。然而每每看到枕边的《简·爱》，尤其是想到简·爱永不放弃探索更加开阔人生的生活态度，我的心中就会有水流过的清澈与欢快，激荡与昂扬。从而看清自己的人生目标，懂得不跟风盲从、不随波逐流的重要。毕竟，阅读和创作不单让我有追求理想的激情与动力，更让我有享受精神大餐的充实与快乐，让我觉得自己的生活是有爱有奔头的，是远比一般人丰富精彩的。

所以在我的心底深处，我始终不满足于安稳舒适的生活，而是保持对文学的热爱，坚持看书写作，慢慢地竟也写出了一些稚拙的小文，除了发表，偶尔还能得个小奖。这也让我得到了很多人的关注与鼓励。如今，我已出了一本散文集和一本小说集，并加入了江苏省作家协会，这不但圆了自己的作家梦，也获得了一份与文字密切相关的工作。

俗话说，机遇总是留给有准备的人。这么多年来，虽然我从不曾指望从读书写作上得到什么实际的好处，却在无形中收获了美满的婚姻和喜欢的职业，获得了满满的成就感与幸福感，对这句话作了最好的诠释。

有时，回想自己相对顺利的文学路，我会油然地生出无上的欢慰与不尽的感恩。当然，我感激命运让我遇到我的老公，也感激他让我遇到《简·爱》，让我获得了一辈子足可依恃的真爱。希望每一位女性都能够邂逅《简·爱》，都能够得到人生中的种种大爱，并懂得爱的真谛——简简单单地爱自己所爱。

我与书

晁晋萍

原本在读书的年纪，我却用大把大把的时间，在做与读书无关的事。随着年纪的增长，越来越懊悔自己虚度的时光。作为老师，作为妈妈，天天念叨读书有多重要，可自己又给孩子们作出了怎样的榜样呢？可喜的是，不知从何时起，爱上独自一人在静谧的清晨或午后，斜倚在沙发上，身边有期待好久的书的陪伴，这时，时光仿佛暂停……

我喜欢读书就像黄昏喜欢晚霞，总会遇见意想不到的美。每一本传世的著作，总能给我意想不到的惊喜与收获。每一次，我随之起起落落——或是欢喜，或是悲伤，又或是随着主人公的故事，我浮躁的心慢慢平静下来。疲惫时，我会翻翻那些经典，让起伏的心平定；悲伤时，我还是会翻翻那些经典，让受伤的心愈合！书是良师，也是益友，我喜欢有书陪伴的日子。

开启书卷，浓墨飘香。流转在唐诗宋词之间，我喜欢李白的"长风破浪会有时，直挂云帆济沧海"那样的豪情，它让我心潮澎湃，又让我叹为观止。我喜欢柳永"执手相看泪眼，竟无语凝噎"的深情，压抑不住的伤感从心里喷涌而出。我喜欢李清照的"花自飘零水自流，一种相思，两处闲愁"，它让我仿佛能触摸到诗人的情感……无论是豪情万丈，无论是细腻委婉，那字字句句之间吐露的真情，让我不能不相信，世间情义无价！

读一本书，就像拥有了一次不同的人生。我还钟情于现代小说，《家》中那黑压压的高公馆让我透不过气来，觉新作为封建地主家庭高公馆的长子长孙，他的命运注定是悲惨的，在老爷子的封建思想摧残下，浑浑噩噩。当看到他拿到第一个月的三十元工资时，我沉默了好久好久，我想他一定在自嘲："看啊！这就是我用梦想换来的，为了它，我丢弃了理想，失去了爱情。"心疼他如木偶般越来越懦弱，相比之下，觉民这个有理想，有抱负的新青年却给读者更多的勇气与力量，他和鸣凤之间的爱情轰轰烈烈，虽然最后在现实中泯灭，但那曾经的绚丽永驻人们心间……是啊，如果是我，也一定会像觉民一样，让自己的热血沸腾起来，让自己清晰地看到时代的脉络，勇敢地向前走。

经典永远是无国界的，无国籍的。我也喜欢读一读那些内涵丰富的外国小说，它们让我的内心更加精彩。

高尔基的《海燕》在呐喊：让暴风雨来得更猛烈些吧！我好像那么清晰地看到了高尔基在与黑暗的世界作斗争，即使他可能只是一只孤零零的海燕，但他永远都在前行，即使前方的路还不知道在哪里，即使凶猛的风浪一次次撕裂着他的人生，但他从不轻言放弃！就是这样的精神，让我有了直面现实挫折的勇气。就在这一瞬间，无穷的力量充盈着我的胸腔。

不知道你是否读过契科夫的《苦恼》？我也是偶然间发现，然后细细品味的。多么可怜的马夫，承受着丧子的巨大悲痛，别人居然都不愿听他的诉说。无可奈何之下，他只好向他的小母马诉说。或许是他们待得久了心意相通吧，小母马用自己的方式与主人一起伤心！那是怎样一个冰冷而又无情的社会，读着读着我心中也充满了绝望，或许对于主人公来说，死亡，比起活着，才是一种奢望。猛然醒来，看看窗外的阳光，那暖暖的一束拂在脸上，是那么真实，更让我对所拥有的幸福无比感恩。

沉浸在书的世界里，我感受到了前所未有的自由畅快，享受到"天间小雨润如酥，草色遥看近却无"那充满生机的美；享受到"不识庐山真面目，只缘身在此山中"的朦胧美；享受到"千里冰封，万里雪飘"的壮丽美。在大自然美的同时，我更喜欢感受人性的美。在读到《拣麦穗》时，我能感受到小女孩与卖灶糖的老爷爷那纯真的爱以及作者对当时广大女性的关爱；在读到孟郊那"临行密密缝，意恐迟迟归"时，我能感受到母亲对孩子的深情；在读到《水浒传》时，那一百零八位好汉之间的情谊更让我感到震撼。人到中年，再次翻看史铁生的《我与地坛》，仿佛更能理解他：推着轮椅缓缓地进入园子，他想寻找生的理由，或者死的解脱，这也映射出了一个成年人的悲哀，史铁生"摇着轮椅在园中慢慢走，又是雾罩的清晨，又是骄阳高悬的白昼，我只想着一件事：母亲已经不在了。在老柏树旁停下，在草地上在颓墙边停下，又是处处虫鸣的午后，又是鸟儿归巢的傍晚，我心里只默念着一句话：可是母亲已经不在了……"他反复地诉诵"母亲已经不在了"的事实，难道不是在提醒我们：在悲秋伤春的时光里，有太多的美好在悄然流逝，想抓住，要趁现在。

　　每一次读书，不仅是与作者灵魂上的对话，更是自己在精神上的升华和洗涤。那些读过的书，为我的社会实践提供了不可或缺的理论指导，或是当生活枯燥乏味时，我可以想象书中的那些有趣的情节，给单调的生活增添一些味道。我读书，是因为相信一个人的内心无论多大，比起世界都太狭隘，我大概是没有办法走过世界的每个角落的，但我相信，有书的带领，这样的不可能就变得可能了。我想我应该是辽阔的，所以，书仿佛就是我的灵魂支柱。

　　合上书卷，沉思无限，惆怅满怀……

茶亦醉人何须酒，书能香我无须花

马瑞鸿

俗语道："水养人，书养心。"

这个世界其实最吸引人的味道便是书香。当你自己不自觉地沉浸在书香墨趣之中时，整个世界都会变得柔和美好。选择读书，就是在选择拓展灵魂的广度。因为脚步不能丈量的地方，文字可以；眼睛到达不了的地方，文字也可以。当你爱上读书时，这个世界也会爱上你。

记得我的第一部书是母亲给我买的《一千零一夜》，一本驰名世界的故事书。母亲没有什么文化，听舅妈说小孩子要从小培养爱读书的习惯，书读得多了才能有出息，于是母亲便在早市的书摊上买了这本书，每日每日地读给我听。伴着老房昏暗的光线，母亲读书给我听时的影子投映在老房的墙上。年幼时有数不清的日日夜夜，我都是伴着母亲的读书声，伴着母亲给我读书时的剪影香甜入睡的。自此，读书这颗种子便种在了我的心头，日日以心头之血来滋养。

后来我到了上学的年纪，读书更是成了我每日必做之事。我喜欢从书中摘录自己喜欢的句子，将其工工整整地抄写在自己喜欢的本子上，我还会将自己喜欢的花样子描在本子上，用来装点自己喜爱的文字。童年时，那是我最珍贵的宝物。随着年岁渐大，面对升学压力，自己对书籍的渴求被繁重的学业替代，有一段时间自己的生活都是在机械性写作业中度过的，再没有闲暇的时间去读书，手边日常接触到的几本书也都是语文教学大纲中要求读的。那段日子，深觉自己的灵魂日渐颓靡，写作文时再没有心仪的词句飞入脑海，融入笔触，那滋味真是难受极了。好容易盼到了假期，缠着母亲给我买一大堆的书，日日将自己关在房中，直至将书都看完了为止。那时候虽然家里并不富裕，但是母亲在买书上从不苟待我，我想要什么便买什么。后来这些书作为我的嫁妆，随我一同远离家乡，扎根大连了。

这其中我最喜欢的一部书是林语堂先生所著的《苏东坡传》。苏东坡的仕途并不一帆风顺，他的政见与当时的宰相"拗相公"王安石相左，一生曾多次遭贬官贬职。这本是一段坎坷严肃的历史，但经林先生之笔，这段"王安石变法"就变得生动有趣起来，从中我也体会到更多苏东坡关于人生观及生命意义的思考。苏东坡与王安石交锋，屡屡败北，官职是越贬越低。当王安石为政事忙得不可开交时，苏东坡被贬黄州。本应是踌躇郁悒，但苏东坡却过着神仙一般的日子——无限的闲暇、纯美的风景、种上几亩庄稼，好不快活。彼时苏东坡的文风也由原来的辛辣、尖锐变得温和、亲切。在这一时期，苏东坡留下了像《念奴娇》《记承天寺夜游》《赤壁赋》等大量的精品诗文。在这些文字中，我们很难看出苏东坡正经历着官方的打压，相反，透过文字，直击我们心灵的是苏东坡超乎常人的阔达与乐观。在他所有的诗文中，我最爱"盖将自其变者而观之，则天地曾不能以一瞬；自其不变者而观之，则物与我皆无尽也，而又何羡乎？"何其与世无争，肆意洒脱！他就这样随性、豁达、乐天、无所畏惧，如同一阵清风一轮皓月悠然地度过了一生。少年初读苏东坡，只是单纯地喜爱他乐观的人生态度，虽然屡遭贬谪，但是不气不馁，更加热爱生活。我常用苏东坡的事迹激励年少时考试成绩不理想的自己，时至今日，当生活困顿无所依傍时也总要翻翻《苏东坡传》。

我在林先生的文字中结识了苏东坡，我是多么感谢阅读啊，让我可以跨越历史的长河，在心灵深处与这位文学家相识。

在我的人生路上，得益于阅读的事情还有很多。

2016年春，我在准备研究生考试的复试。面对强劲的对手、陌生的面试内容，我每日焦灼不堪，惶惶不可终日。那时候每天陪伴我、安抚我的是那本自小便陪在我身边的《红楼梦》。我对《红楼梦》的痴迷，是从十四五岁时开始的。那时候，母亲单位有位很有才华的林叔叔，因为我写字不大好看，母亲便央求这位叔叔教我书写。习字闲暇的时候，他极愿意给我讲宝黛之间凄美的爱情故事，还跟我夸耀他能将《红楼梦》里面的诗词都背下来。年少气盛的我不甘落后，央求母亲也买一本《红楼梦》给我。有了书后，我便日日读，时时看，想方设法背诵着书中的诗词。为了与人一争长短，我疯魔般地读书，有时候去如厕，竟也捧着它。母亲笑话我，说亵渎了知识。现在想想，那时的自己也真是好笑。自那以后，我的床头都会摆着一本《红楼梦》，闲暇时拿来读读。准备复试的那年春天，我内心格外焦灼，因为我研究生选读的专业是自己之前完全没有接触过的领域，我的初试成绩排名并不十分靠前，二轮面试时如果准备不当，很容易名落孙山。内心焦灼无法静心学习时，重读《红楼梦》成了那个春天让我静心定神的良方。就这样，在《红楼梦》的陪伴下，到了研究生复试的日子。也许是上苍格外垂怜我，抑或是我与《红楼梦》就是有着这样奇妙的缘分，谁能想到面试我的老师也是一位"红学迷"，准备了近两个月的《教育学》《心理学》等书籍的复试内容竟然都没用上，面试老师提问的是"请谈谈《红楼梦》中你最喜爱的人物，并阐述原因"。多么戏剧性的一幕啊，不过，我的确是在听到考题的那一瞬间，欣喜若狂，并且当时就坚信，我一定能杀出重围，顺利考上研究生！自小对《红楼梦》的喜爱，融化成一个个文字，组成美丽的音符，奏唱我内心深处的欢愉。

　　读书带给我的益处远不止这些。我深知读书的必要性，所以入职以来，我对学生们说得最多的两个字便是"读书"。读书的人与不读书的人，天长日久，终成天壤之别。爱书的人看世界，觉得天蓝、地阔、人美。他们以聪慧的心灵、宽广朴质的爱、善解人意的修养，将美丽写在心上。读书学习虽不能改变人生的长度，但可以改变人生的宽度；虽不能改变人生的起点，但可以改变人生的终点。我曾经告诫我的学生们，一定要在能力范围内多读书，即使读书不会让你梦想成真，也一定会让你离梦想更近一步。我们的一生也许不能任意驰骋在这广阔的世界中，凡尘俗世总有拖累，但是我们可以肆意穿梭在文字的世界中。读书和学习都是在和智慧聊天，用别人的经验长自己的智慧，何乐而不为？读书可以获知人类智慧的精华，读书可以足不出户便体会别样的人生，读书可以让我们更宽容地去理解这个世界。

可能读到这里，有的人心里会想，既然读书如此重要，到底应该如何读呢？在我看来，捧起书来读，就是最好的方法。当你用心沉浸在一本书的内容中时，你就是成功的。同时，读书切忌急功近利。当你敢于捧起一部书来读，就要坚定地将它读完，不要轻易地中断甚至半途而废。而且读书不要有功利心。现在越来越多的学生读书单纯是因为中高考的语文考试题中对名著有所涉及，所以这部分学生在读书时往往只关注考点，忽略作品本身的魅力。这样的阅读，只是机械地备考，不具备与书籍作者在心灵上对话的功用。其实换一种角度来看，读书应该是一种放松心灵的享受，不应该让世俗的功利左右你的精神世界。

读书可以让人拥有富足的内心，那是千金不换的财富。很多时候，我们可能忘记了书中的内容，理解不了它所要表达的情感，也许最后只是谈及书的名字时，知道看过这本书。这些都不要紧，因为你在读书的同时，就在享受着它带给你的只属于你自己的那一份欢愉。读书能让你明白世界，看清自己，让自己在无依无靠或无所事事的时候，有一种严肃的力量推动着往前走。你从书中得到的见识、丰富的涵养，以及这些所能带给你的机遇和满足，都是金钱无法与之相提并论的。

水养人，而书养心。也许书香不如酒香甘洌，但是它有独特的香醇；也许书香不似茶香那样清幽，但有它专属的甘醇。让我们不自觉地陶醉在这些丰富的味道中，这就是书香的独特魅力。

与书结缘，妙不可言

刘晓婷

漫漫人生路，日子如朱自清在《匆匆》中所言，"像针尖上一滴水滴在大海里，我的日子滴在时间的流里，没有声音，也没有影子"。一个阶段，一次经历，一些朋友，如今已随岁月的流逝，越来越远越模糊，唯有书籍，才是那个不离不弃，荡涤心灵的良师益友。无论何时，无论何地，无论何情，书中那清新淡雅的色泽，那简约淳朴的画面，那掷地有声的文字，那深刻独到的见解，都会在我的心底激起一丝涟漪，都会在我的脑中留下些许启发。虽已年过不惑，但回首曾经的读书之旅，仍那样清新隽永，那样清晰温暖，字字珠玑跃然纸上，荡涤心间。

小时候，每个月最盼望的就是妈妈在街边的报亭里买的《幼儿画报》，喷香的油墨，可爱的插图，薄薄的一小本，儿时的我，竟会看上几十遍都不觉得枯燥。偶尔还会摆弄着一大摞的《幼儿画报》，像书店卖书的售货员般，在小伙伴面前大摇大摆地炫耀，得意极了！那是我最宝贵的财富，也是我童年生活里最美的珍藏。

上小学了，《新少年》《少年大世界》《小学生报》都是属于"80后"的最爱。那时，我家的生活条件不如现在这般富足，但只要是在学习和阅读方面有需求，爸爸一定会竭尽全力支持我买书，于是，我就成了班级里那个订阅书目最多，最令同学们羡慕的女生了。每当老师将沁满油墨清香的《小学生报》一张一张地在空中挥洒，分发到我身边时，心中的喜悦也如同老师挥出的那抛物线般的轨迹激动不已。每一期的《小学生报》我都会叠得整整齐齐，再用小夹子夹好，时常翻阅，心满意足。

在我那个不知道手机和电脑为何物的年代，唯有书籍和报刊才能让我的心灵得到充实与安慰，得到坚定与满足。每每在浩瀚无垠的书海中荡涤，自己仿佛置身于毛主席与少先队员们在一起的温馨画面，自己仿佛走进了壮美瑰丽的祖国河山，大饱眼福。文字里的深情，文字里的柔美，文字里的浪漫，文字里的豪迈，会依稀在慈母弯曲的背影里模糊可见，也会在碧波荡漾的漓江水里轻柔浮现，会在李白的"举杯邀明月，对影成三人"的诗句中生动诠释，也会在苏轼"大江东去，浪淘尽、千古风流人物"的诗句中荡气回肠。

到了初、高中，我渐渐地迷恋上了古诗词，也会悄悄地模仿电台广播员的优美音色和朗读韵味，拿出磁带来录上一段文字，可每每总不得满意，于是便接二连三地尝试，磁带也是录了一盘又一盘。从"关关雎鸠，在河之洲"的质朴纯真，到"路漫漫其修远兮，吾将上下而求索"的坚韧执着，从"东临碣石，以观沧海"的雄心壮志，到"心远地自偏"的隐士风流；从"黄河之水天上来"的盛唐气象，到"帘卷西风，人比黄花瘦"的婉约缠绵，我在用心体味着诗词歌赋赋予我的浸润与滋养，豁达与宁静。

高中的学习生活异常紧张枯燥，有时我也曾迷茫未来的路在何方，有时也会因为解不出的方程式和做不完的"物化生"而苦恼。每遇此时，唯有在苏轼的"竹杖芒鞋轻胜马，谁怕？一蓑烟雨任平生"的激励下勇往直前，在他的"休对故人思故国，且将新火试新茶，诗酒趁年华"中体味冲劲儿与激情，在王维的"行到水穷处，坐看云起时"中感悟只要再多努力一下，就会有不一样的风景。不付出"衣带渐宽终不悔，为伊消得人憔悴"的努力，就不会有"众里寻他千百度，蓦然回首，那人却在灯火阑珊处"的结果。

不知不觉间，诗词给予我的不仅仅是单纯的背诵与理解，更是一种对人生态度的启迪与思考，对人生方向的照亮与指引。读诗词之余，我痴迷于做一些摘抄记录，或将报纸期刊上优美的文字剪下来，粘贴到笔记本里。于是，即使在繁忙的学习中，也要抽出一丁点宝贵的时间，将我喜欢的阅读内容从书、报刊上剪下来，粘贴到本子里。记得那次在全校语文阶段性测试中，一篇熟悉的课外阅读跃然于我的眼前，内心激动不已，不因别的，只因早就在《读者》里与它相遇，再次邂逅，已是老友。

上了大学，感叹图书馆里藏书之多，种类之全，也是我当时的视野所不能及的。大学的日子纯真且美好，在那段青涩的岁月中，我总会在图书馆的一角坐下，与一杯咖啡、一本书交朋友。**渐渐地**，当我徜徉在浩瀚的书海里时，我才发现自己只是一只弱不禁风的小船，怎样才能使自己的阅历更丰富，怎样才能让自己的内心更坚定？于是，如林海音在《窃读记》中所描述的那样，我像一匹饿狼，贪婪地读着：从"交织着最残酷的爱和最不忍的恨"的《雷雨》到越过爱情，看见春暖花开的《傲慢与偏见》，从"黄叶铺满地，我们已不再年轻"的《平凡的世界》到"生得寂寞，死得单调"的《呼兰河传》，我在用震撼的文字来叩问我的内心，我在用呼啸的情感来增加我阅历的厚重。在大学的日子里，我养成了每天睡前读书一小时的习惯。刚开始做起来很难，但难就难在坚持，久而久之，我将这份坚持变成了一种习惯，如若一日不读，便会浑身不自在，像缺少了什么似的。

如今的我，做小学语文教师已十二年有余了，每当自己遇到教学与班级管理问题百思不得其解时，翻阅曾经的摘抄笔记，总能给自己一些新的思路与启发；每当自己坐在电脑桌前思路枯竭时，往往曾经读过的文字会跳到面前，轻轻地在指尖跃动；每当教学研讨或做课题不知所措时，读研究生时的阅读方法与写作方法总会浮现在眼前。于是，以书为马，不负韶华，曾经的积累获得了一丝小小的收获，我的文字也从青涩步入成长，它们在《大连日报》的《教师节特刊》里浮现，在国家核心报刊《语言文字报》中展现，在省级期刊《辽宁教育》里跃动，也在那厚厚的《名校文化博览》中隐现。

有时想，或许自己的幸运始于我的求学之路上能遇见优秀的语文启蒙老师，之后一路走来，幸运的是每一任语文教育接棒人都会让我深爱这门学科，发自内心地体会文字的美妙。师者，传道授业解惑也。如今的我，也担负着教书育人的使命与责任。每当与学生们共同徜徉在一篇好的文章里，心底都会升腾起一种无可名状的满足感与幸福感；每当批阅学生优美清新的文字时，内心总会激荡起一丝激动与温暖。就这样，在阅读与批改中，我和学生以对话的方式，用最美的语言交流、碰撞，收获着不一样的幸福与快乐。

还记得初为人师，唯望学生能喜欢我这个人，进而喜欢语文。所以总是牵着他们的目光，和他们一起领略和风丽日、烟雨廊桥，总是力求将基础知识毫无保留地传授给他们。人生有涯，知识无涯。我们会盎然于桃花流水的春意，也会悲叹于无边落木的秋色，我们会横绝峨眉的惊峰，也会为天上而来的黄河之水震撼。无论是把酒临风还是举杯邀月，这一切的一切都是自然在赋予我们灵感，语言在赋予我们灵性，文人在赋予我们情怀，人性在赋予我们感动。这便是文字的美丽。

随后的十年为师生涯，开始有了求法意识，渐进与学生能够生成对话，沉淀语感，感悟情思，寻求方法，文之法、学之法、教之法，我深知只有得其法才能让学生习得为一种能力，展示出一种更为开放、更能展现个性的阅读方式。在我们的互动生成中，学生不仅可以把阅读的所得、所感、所疑写在书眉页侧，还可以采用自己喜欢的、能够恰当诠释感受体验的方式来评价文章。无论是课前"我的动物朋友"的介绍，还是优秀作文赏析，无论是"诺曼底号遇难记"哈尔威船长展现给我们的英雄品质，还是孔孟老庄教给我们的为人之道，我与学生游走于此，深悟于斯。

　　此刻，我合上书，小啜一杯茗茶，抬头看窗外深邃的天空，不觉思绪万千。我将我的读书经历与大家分享，真心希望小读者们能在自己的读书之路上，每日与书为伴，与书为友，独立思考，勤做笔记，观察生活，勤于动笔，将你们的所看、所思、所悟流淌于笔尖。期待在书香的浸润里，见你们自信潇洒的面容，听你们可爱抒怀的呢喃，见你们灿烂星河的书海，听你们声如天籁的童音。

　　愿小读者们幸福地徜徉在盈满书香的小路上，做一名腹有诗书气自华的人，就可以收获幸福！

我的"书缘"

文 婷

　　我出生在 20 世纪 80 年代，妥妥的"80 后"。小时候物质并不充裕，我们是大自然的孩子，每天爬树、下河、呼朋引伴地游荡，放学后的时光就在大自然里消磨，日子自在又快活。那时候除了语文数学课本外，其他的书都被称作"闲书"，"看了浪费时间，耽误学习"（那时候大人们都这么说）。我们能接触到的"闲书"更是少之又少，现在想来，那时候的精神世界是极为匮乏的。我记得人生第一套课外书是《格林童话》和《安徒生童话》，一套两本，厚厚的，白色的封皮，从新华书店带回家的路上我小心地捧着它们，就像捧着最珍贵的宝贝。那两本书陪伴了我的整个童年。从此，放学回家我便多了一份牵挂：小红帽的外婆被大灰狼吃了怎么办？王子拿着水晶鞋会找到灰姑娘吗？美人鱼失去了声音，多可怜啊……两本书被我翻来覆去地看，好多故事已经能背下来了。相比之下，那时候的我更喜欢《格林童话》，因为不论过程怎样曲折，最终故事里的人总能得到好的结果，善良总会被奖励，邪恶总会得到应有惩罚。我一遍遍地翻看着，不知不觉中让善良的种子在心中生根发芽。而《安徒生童话》中，小人鱼的凄惨结局让我心有不甘，那么美好的小人鱼，为什么王子都看不到呢？我愤愤不平；卖火柴的小女孩就这样悲惨地死在大年夜，并没有神仙教母来拯救她，我哭得不能自已……

长大后才知道，安徒生童话才是真实的人生，人生本就是充满了遗憾和不公，但我们却可以选择让自己活得善良、美好、真诚。就像安徒生笔下的小人鱼、卖火柴的小女孩、丑小鸭……他们有一百个理由去怨恨生活，但他们却选择始终善良美好，一如最初。

这些年几经辗转,这两本书已经在搬家的过程中不知去向，但它们带给我的憧憬与美好，已经在我心底生根发芽，开出了美丽的花朵。

在师范学校读书的时候，开始接触到了各种书籍，学校有图书馆，每周定期可以借阅，但贪玩的年纪还是浮躁大于沉静，我们还是喜欢成群结队地玩闹，多过自己安安静静地阅读。现在想来，遗憾万千，那是多么好的年纪啊，到底是虚度了……

当然，也是进行了一些阅读。留给我印象最深的书，就是霍达的《穆斯林的葬礼》。在图书馆借了这本厚厚的书，对于当时的我来说是一个挑战，因为从来没有读过这么厚的书，我不知道自己能不能读完。后来发现，这种担心完全是多余的，一本好的书，会让你废寝忘食地读下去，甚至你会感叹怎么这么快就读完了，我还没有读够啊！《穆斯林的葬礼》就是这样一本书，我用了几个晚自习的时间读完了它，在最后一个晚上，我在教室里读到新月的葬礼，泪水就像断了线的珠子一发不可收拾。整节晚自习我从头哭到尾，以至于下课后同学们纷纷过来安慰我，不知道我究竟发生了什么事。这本书直到现在也在我心中占据着重要的位置，作者奇妙的构思，以"玉"和"月"交叉出现，呈现两代人的爱恨情仇，将宗教信仰与现实生活、传统文化与现代文化、人性之美与价值之美融入整个漫长的历史进程中，读完让人心潮澎湃，久久不平。今年，我也将这本书推荐给女儿，女儿也刚刚完成了整本书的阅读。我想，她从书中得到的感悟与触动，胜过我千言万语的说教。这也是一种教育与传承。

真正开始大量阅读，是在工作之后。站上三尺讲台，面对几十双求知若渴的眼睛，我惊觉自己的浅薄与无知，"要给孩子一杯水，你自己要有一桶水"，我不禁汗颜，我有那一桶水吗？为了不误人子弟，我逼着自己开始了广泛的阅读。《战争与和平》《安娜·卡列尼娜》《高老头》《三国演义》《水浒传》《西游记》《红楼梦》《少有人走的路》《儿童心理学》《人类简史》《山海经》……我像是一块掉进海洋的干海绵，拼命地读着，拼命地吸收着，不分种类，不设限制，只有一个标准：是否是名著。

古人说"书山有路勤为径，学海无涯苦作舟"，这个时代的阅读更是多种多样，书籍种类浩如烟海，我们有限的生命不可能全部都涉猎，最简单的方式，便是从名著开始。名著，都是穿越了时空，经过了岁月的洗礼，淘去了铅华，全是美好的呈现。在一本本名著里，我们可以与伟人对话，倾听他们的教诲；我们可以得到高尚情操的熏陶，塑造更好的自己；我们可以遇见那些高尚的灵魂，唤醒我们内在的自我……我就这样不知疲倦地读着，在阅读的过程中，我遇见了更好的自己。

阅读给我带来了哪些好处呢？的确很多，可以说阅读改变了我。但是这种改变并不是一种看得见摸得到的实物，它存在于你的内心，在很多时刻，你会知道：是的，我变了。

在我的语文课堂上，我知道该怎样去处理一篇课文，从哪里着手，怎样去引领，不再是跟着教参亦步亦趋，或是跟着别人人云亦云。在我的生活中，对于一件事情我开始形成自己清晰的价值判断，我开始拥有了自己的声音，不再是虚张声势，或是妄自菲薄，我知道我该说什么，该做什么，一切都很清晰地呈现在眼前。在与人相处中，我开始形成清楚的界限，人是人我是我，我们平等地存在，彼此独立又互相帮助……

可以说，阅读对我最大的帮助就是让我找到了真正的自己。自我，一直存在，但并不一定会被感知，甚至在很长的时间内是被伪装被隐藏的。在阅读中，你会看见世间百态，你会遇见那个不完美的你，但没什么大不了的，你会学着去接纳自己。你会遇见和你完全不同的人，你会学着去理解他，然后用宽容的眼光看待这个世界，存在即是合理，未知全貌，不予置评。不再人云亦云的你，终会在阅读中找到自己的声音。而我们这一生，不过是一场和自己相遇的旅程，阅读就是那条捷径，我们何乐而不为呢？

如今，步入中年，阅读已成为我生活不可缺少的一部分，如吃饭睡觉般必需。每天早上，来到学校，打开窗户，让早晨清新的空气充满整间教室，然后在讲台边坐下，捧起一本书，开始一天的工作。孩子们背着书包，陆续走进教室，他们也会在放下书包后，拿出一本书，投入书的海洋。这是我和孩子们每天最幸福的时光，安静的教室里只有阳光的跳跃和风儿的轻舞，伴随着翻动书页的声响，还有孩子们随着书中情节偶尔蹙眉，偶尔微笑的脸庞。

把阅读的习惯带给我的学生们，这是我能想到的一份最好的礼物。现在的他们拥有充裕的物质资源和精神资源，书中的智慧唾手可得。当然他们和我小时候一样，活泼好动的年纪想要静静坐下来读书不容易，但好习惯是可以一点点培养起来的，课间休息拿起一本书，写完作业拿起一本书，午饭过后拿起一本书……我看着他们越来越多地和书籍结缘，从小就对书籍爱不释手，这真的是一件最美好的事情。热爱阅读的他们是幸运的一代，每当他们在课下兴致勃勃地与我讨论自己在书中看到的有趣的话题，我都在他们眼中看到了闪光的未来，在书籍的滋养下，他们定是未来可期的后浪！

我常常在想，这个世界一刻不停地在改变，日升日落，四季交替，我们其实每天都在失去。失去一天天时间，失去一点点生命，失去一些年华。我们无法与岁月抗衡，就如同我们无法阻止一朵云的消散，无法阻止一朵花的凋零。但我们可以和岁月进行一些交换，用我们逝去的时间，去换回等量的智慧，这样我们在失去的同时也在得到，得到很多智慧，得到很多经验，我们就能从容优雅地老去，和这个世界握手言和。书籍就是我们与岁月的连接啊，我们用时间阅读书籍，再从书中得到智慧，书籍就是那个让我们可以优雅老去的天使，我真的很开心，认出了她。与书结缘，虽说有些晚，但好在没有错过，我终究在不惑之年与书成为挚友。在书籍面前，我依然是一名小学生，那么多好书，无法读尽可谓人生憾事。不过正如胡适先生说的：怕什么真理无穷，进一寸有一寸的欢喜。在阅读的路上，我正是这样行走着，欢喜着……

光

曹　薇

　　什么是光？它是一种处于特定频段的光子流，赐予使人看见一切的闪耀；它是顾城"黑夜给了我黑色的眼睛，我却用它来寻找光明"的信念；它是朱自清《匆匆》滴水入海流失于指缝一去不回的时间……每一双眼睛都是为寻找光明而生，岁月更迭中，我们一直寻觅的光，到底是什么？而立之年，我似乎找到了自己的答案。

　　儿时，房间里有一对属于我的儿童小沙发。圆滚滚的身体，橘粉色的圆脸，还带着一双笑眯眯的纽扣眼睛。两只皮质的手臂正好可以让我这个小主人非常安逸地安放胳膊。第一眼看见它俩，准会被这要拥抱你似的样子俘获芳心。爸爸带着同样的笑容："薇薇，以后你就可以坐在这沙发上看书啦！"随即，爸爸变戏法似的从背后拿出一摞书，升旗手交接国旗一般的郑重又带着些神秘的味道，把那些带着精美图画的硬皮书交到了我的手上。眼前的沙发和《百问百答》《狮子王》《格林童话》《邮票中的儿童世界》……幸福来得突然，竟把小小的我搞得一时间不知道该从哪本看起。从此，坐在小沙发上看内容有趣图画鲜艳的书，就成了非常惬意的事了……

现在想来，一对沙发和老爸不露声色的用心，已然在如远古时代混沌蛋壳中的我心中敲开了一道迷人的缝。那些优美的文字和迷人的色彩，悄悄从缝隙中照亮了我对世界的认知，指引着我，让我用自己喜欢的步调去追寻未知的前方。

迈上求学之路的我是异常幸运的。小学时，我的班主任是一位和我的儿童沙发一样，带着点"饱满"的语文老师。在那个信息交互远不及现在发达的年代，我的老师，选择让我们从《读者》这种期刊开始，每天早自习、课前五分钟，还有一有空的零碎的时间，都成了我们交流读书的高光时刻。老师给我们示范引领方向，把课堂中的方法融进了每天如一日的阅读。课前交流，我从一开始的语无伦次，到自然而然地表达自己的想法，还真是感谢老师给的这份小骄傲呢。从此，心里盘算着日期，半月刊该到了！这成了放学后扎进书店最大的乐趣。从"卷首语"开始流淌出的文质兼美，杂文中的睿智哲思，"微小说"的扣人心弦，还有幽默一刻的畅然一笑，都成了小学时光里抹不去的记忆。六年的光景走过，《读者》虽已不太容易买到了，但我们当年的每个孩子都成了真正的"读者"。

成为阅读者的同时，老师还让我们坚持写周记。苦于写作的孩子，往往是因为生活的干涩和阅读不够。有了书的有力支撑，下笔写起来时，字字句句好像长了翅膀，飞到面前，任君挑选。阅读时遇到的好词句也和老朋友一样，带着微笑走进了我笔下的文章。高中时，能读着自己的习作给同学们当范文，作文比赛小有斩获，都成了青春光景里的荣耀。

前些日子，偶然从公众号上看到小学班主任老师的经验汇报，看到老师那熟悉的脸，还有如今依然在坚持带孩子们读《日有所诵》，并每天坚持记录，汇成了几十万字的班级日记。一股炽热猛然在现在和老师成为同行的我心里翻滚，久久都没有停息……说感谢太轻，许是同为师者，"少而好学，如日出之阳"，这是从小坚持的童子功，也是师者不懈鞭策下才成就的明媚。

就像歌里唱的一样，长大后，我就成了你。从前那个对班主任揣着佩服羡慕的我，站上讲台也将十年。我也希望自己能像我的老师一样，带领我的孩子们，在他们心中播下小小的种子，不论种子开什么花，我都要去试一试！

身为语、数老师和班主任的三重身份，早上来到班级，诵读国学经典《三字经》《弟子规》《声律启蒙》……每周给孩子们端出一份古诗"加餐"，利用放学前的五分钟给孩子们讲解，帮助他们背诵这些来自古代字字珠玑的精华。虽然不是所有的孩子都能做到完整地理解，但在这"播种"的过程中，孩子们就是在感受，在积累。涉猎得多了，孩子们视野才会广阔。

这种习惯坚持了一年有余，在一次讲解春联的语文课上，我们在交流着春联这个特殊的文化符号。当目光回望，讲至春联的前身是桃符时，一个孩子举起了他的小手。我叫起他，他说道："千门万户曈曈日，总把新桃换旧符。"他话音落下，我激动得一时间不知道该用什么样的语言去赞美他。我仿佛在他小小的身体里，看见母语学习的巨大能量。接下来的课程里，我又情不自禁地带孩子们回顾了这首诗，讲了诗歌背诵的好处。虽然讲解春联的时间已经超出了我的预设，但我的孩子们得到的要比我看到的多，这种串成线的语文学习，让我感到欣喜。

国学经典的诵读鉴赏，是一场奇幻的古今对话。现在，孩子们每次看见教室的小黑板上更换了新的古诗词，下课时间总能看见他们围着小黑板比着读，互相纠正着不熟悉的字的读音。孩子们在轻松游戏似的小竞赛中完成了对古诗这样优秀传统文学形式的体会与感悟。阅读的光亮更像是一把接力的火炬，可以作为其中的一员，将它的光芒传递，我又像变身桃花源中的渔人，"林尽水源，便得一山，山有小口，仿佛若有光……"是啊，阅读就像是那道光亮，纵然前路有些狭窄，坚持下去，也能守得云开，领略到豁然开朗的理想之境。

想要给孩子一杯水，作为老师，就需要有一桶水，乃至汪洋。教师的角色，敦促我必须坚持学习。阅读，的确给每个人更多与古今圣贤促膝而谈的机会。一个人的阅读，带着些"孤帆远影碧空尽"的侠客味；很多人的阅读，则是"万紫千红总是春"的热烈。每到寒暑假，我所在的学校既给孩子们列出了详尽的参考书单，也为老师们提供了各种门类的书籍。假期里，倚靠着暖阳，拾一本来细读。提一支笔，于触动心弦处信手写下几句感悟。一本读罢，书里的人、书里的事也静静地照进我们的生活，将悄悄溜走的时光变得不那么虚空了。开学的日子到来之时，我们团坐在一起，翻开《万般滋味皆是生活》，那是丰子恺对生活的诗意描摹；展卷《皮囊》，那是俗世里百味杂糅捏成的苦辣人生；思忖《人生海海》，那是人生如海笑对沉浮的勇气……我们用汇报、交流的方式，在更短的时间里，碰撞了彼此更多的思考。童年的那道光，在这一刻也愈发明亮，抬头的瞬间，满眼都是笑意。

跳出工作，我也是一位母亲。和所有父母一样，孩子总是带着我们美好的愿望而来。老师于我的教化让我深感读书对于孩子的重要。孩子的世界，从黑白慢慢走向缤纷多彩。他的小眼珠喜欢这些图形和颜色。于是，从最简单的绘本开始：没有一个文字的书！不管是日常用品还是动物、形状，抑或是几个从洞洞书里伸出来的手指，都能成功让这个"人类幼崽"兴奋不已！偶然看他的小脸，才发现小不点儿眼里对于书的光，竟是如此纯净。

书，就是这样一次次地撼动着我。于是，每天的亲子共读也成了雷打不动的必修。孩子的书架，慢慢装满了。现在，他最钟情的莫过于日本作家宫西达也了吧，每读到一本书上这位日本作家的四字名字，他都会故意高呼出属于他的最爱——宫西达也！可见，吃肉却温情的霸王龙、憨厚友善的饿狼瘪肚子、狗獾叔叔的神奇糖果店都是功不可没呀！一本书，小不点儿总喜欢在我们读完一遍，宝剑入鞘时要求再来一遍。有时带着些困意和爸爸交换一个哭笑不得的表情后，交由爸爸继续完成这伟大的未竟的事业。一开始我们都很困惑他的执念，直到有一天，看到不识字的他拿着《大闹天宫》滔滔不绝几乎一字不差地讲完，我才顿悟……这不就是反复听说积攒的能量吗？

　　至此，无须更多的铺陈，相信我们都能找到标准的答案。书中的种种人和事，以及在阅读过程中趣事获益，都无一例外地让我更加笃定：阅读就是那道光！沉浸在书海字浪里，放下功利：遨游也好，短暂的漂浮小憩也好，都会看到那道光！或许它是星星点点的微光，在日复一日中注定也会微光成束，成为穿越时空永恒的理性之火，让我们在有限的生命中，看见更美更深邃的风景。

读书，是最美的期待

钟祥斌

人生是旷日持久的远征，往往不是鲜花铺路，而是充满坎坷和荆棘，是一座山峰接着一座山峰。而通往山峰的途径就是读书，因为读书使我充满期待，助我登上山峰。期待是憧憬、是希望和幸福，是走向成功的阶梯。

几十年来，无论是当年的知青下乡还是后来的回城进工厂到报社乃至创办企业文化研究会，读书始终是我生命的一部分，每天遨游在书的海洋中，享受书带给我的营养。

我在宽甸县杨木川乡三年，这三年，我伐过木，干过大田，打过石头。我还记得夏天在林场捞木头的情景：伐下的大树，截去树冠，捞原木，要从一座山头捞上去，再下去，向上捞，肩上挎着钢丝套子，就像拉纤一样。原木的一端向泥里扎，每迈一步就像老牛耕地，喘着粗气，头上的汗水喷溅到地上……然而一想到晚上有好书读，心中就充溢着幸福，把痛苦和劳累扔到爪哇国里了。

　　那段时间，读书是我最大的享受，也是我的奢侈。到处打听，谁家要有书我都想方设法弄到手。有一家说有几本书在顶棚上，他们不愿意给我找，我硬是找来梯子自己爬到顶棚，在那布满厚厚灰尘的板壁间摸索，终于找到了几册线装书。我满身满脸全粘满了厚厚的灰尘，我却不管这些，拿起鸡毛掸子到院子里小心翼翼地把这几册书的灰尘掸尽。下乡三年，我只回了一趟家，春夏秋冬，那间茅屋，多少个夜晚，捧读着自己费尽心思找来的书本。

　　还记得那是 1969 年的冬天，快过年了，青年点的同学们都想回家过年，然而必须留下一个人看点，我提出留下来。宽甸县杨木川乡，这儿是长白山的尾部，同学们走后，连降了几天大雪，大雪封门，我便从柳条包的箱底里拿出了三本书：《金刚经》《庄子》《论语》。我坐在炕上，身上盖着棉被，案上一盏油灯，我捧着书，还不时地哈着冻僵的双手。夜深了，倦意袭来，环视一眼室内，土墙和窗纸上都结着一寸厚的白霜。雪还在下，能听到雪团打在窗纸上唰啦唰啦地响。同学们回家这一个多月，我整整读了一个月的书。我每天两顿饭，早上烩饼子，晚上还是烩饼子。做饭是把饼子切碎了，放上酸菜叶，放到大锅里，灶坑放上大柴样，点着火，让它慢慢烧着。每天读书，忘记了寒冷，整个身心沉浸在圣贤的道德理想之中。那段读书的时光，帮我打下了深厚的国学根基。

　　后来，我回了城，进了工厂。1977 年，国家恢复高考，我也准备去考，然而领导一句话："这个岗位，你要走了，一时半时上不来人。"我便放弃了高考。

虽然放弃了高考，但我依然利用业余时间，依靠自学，读书写作，完成学业。1984 年，我就靠着我在报刊发表的一摞作品，跨进了报社的大门，走上了新闻记者岗位，实现了自己的理想。

进入报社以后，眼界更宽，阅历更广，需要不断地提高自我。那时与企业接触多了，如何推动企业发展，建设企业精神家园就成了我新的思考命题。恰巧企业文化传入中国，我找到了方向，读了大量东西方管理学著作，不断充实自己。1988 年我成功策划了中国首届企业文化研讨会，并提出"中华文化企业文化"理念。这个会议直接推动了企业文化在中国的发展，并载入中国企业文化的史册。2001 年我出版了《企业文化设计》一书，进一步奠定了我在中国企业文化界的地位。

随着年龄的增长，人的体力会呈递减趋势，而智慧的积淀却更加深厚，但这需要靠读书来深耕。几十年来，我徜徉于书籍的海洋中，不断地在企业文化领域钻研，到全国各地讲学，感受企业鲜活的脉动，在教学和著书相长中提升自己。

今天，全国人才工作会议召开，提出面向经济主战场。我受邀到上海，赴台州，上井冈山讲学，讲授优秀传统文化在企业管理中的运用。要实现传统文化的现代转化，建设中国式管理，构建中国特色企业文化，使其变成一种发展的资源，形成一种支撑的动力。

新时代的德风雨露将滋润我们的企业茁壮成长。广博的胸襟、公正的判断力、独特的创新思维，对人性的信念、道德的修炼与坚强的行止、企业质量效益的突破、产品和服务中蕴含的管理之道，是新时代企业转型升级和走出去的法宝。而这一切需要智慧人才，智慧人才需要读书来培育。因为读书，可以让绵延的时光穿越我们的身体，让智慧在我们的血液里汩汩流淌，从而实现我们最美的期待。

"厕所有纸"

刘靖涛

2006 年的除夕夜，王东阳和父亲母亲一起，坐在农村老屋的炕头儿上，看着电视里播出的春节晚会。当看到小品《说事儿》，赵本山说出那句"可别让你媳妇儿可哪儿乱走了，村东头厕所没纸了"的台词时，王东阳的脑海中瞬间蹦出了"棍儿刮"和"去王东阳家，他家厕所有纸"这两句话来，继而捧腹大笑，倒在了炕头儿。半天后，才捂着肚子坐了起来，看着一脸疑惑的父亲母亲，他又控制不住地笑了起来。

2021 年的除夕夜，已是某高校美术学院副院长的王东阳，和爱人孩子一起，陪着年迈的父亲母亲，坐在前两年新建的大瓦房的炕头儿上，和往年一样，看着春晚。只是乏味的节目，已不再吸引他的目光。大部分时间，王东阳都在看着儿子，六岁的小家伙，正站在那扇衣柜柜门前，临摹着上面的花鸟画，那是他爷爷在 35 年前画的。看着眼前这幸福的一幕，王东阳的思绪一下子回到了童年，甚至是更早的时候……

小时候的王东阳，很受屯子里小伙伴们的喜欢，并不是他有着一呼百应的神勇，也不是他有可以自由支配的零花钱，只是因为他家厕所里有纸。或者说，他家有很多书，尤其是吸引小伙伴们的"小人书"。在那个年代，农村的生活依然有些贫苦，大多数人家上厕所擦屁股，还在用苞米秸秆或木棍。这群毛头小子于是就借用青蛙的叫声，把这称作"棍儿刮"，还真是形象又生动。但王东阳只是偶尔体验过"棍儿刮"，因为他家厕所里，有的是破书旧报。虽然也是有些生硬，但经过揉搓和吐上两口唾沫洇湿后，还是要比秸秆和木棍好上太多。

所以那些年，当父母不在家的时候，三三两两的小伙伴就来到王东阳家，美美地看上半天"小人书"后，再去厕所解个大手，终不再受"棍儿刮"之苦。日子久了，父亲那存放有半口大瓦缸的小人书，其中不乏全套的《西游记》、《红楼梦》以及《山乡巨变》、《十五贯》等连环画精品，或破损或丢失，所剩无几，厕所里的肥料，却是比别人家多出了许多。但王东阳的父亲并没有为此而发怒，因为他看着自己那几大箱子里被王东阳等人称作"大书"的心爱之物完好无损，也就没有怪罪这群毛头小子。

王东阳的父亲生于一九五三年初冬，在兄弟姐妹五人中排行第二。在这个世代务农的家庭里，为何唯有父亲对文字和绘画产生了兴趣，王东阳不得而知。只是依稀记得奶奶说过，父亲上学的时候，经常把午饭钱省下来，买喜欢的"小人书"。20 世纪五六十年代，正是小人书的黄金年代。也许正是被这线条优美、画功深厚、情节生动的连环画所吸引，父亲对绘画渐渐地产生了兴趣，继而临摹学习，才有了家中这数百册连环画吧。

父亲对绘画的兴趣愈发浓厚，美术老师也发现了父亲这一特点，但当时主要的文化课都已停掉，更何况美术课。就这样，父亲的学习还没有开始，就已经结束了。多年后，常有邻居对父亲说："你那时候就是没经过师，要是经经师，也就画出来了，没赶上好时候。"这时候母亲总会在一旁说道："怨只能怨他自己不努力，那时候，不照样有很多人画出名堂了吗？"父亲则在一旁笑笑，并不作声。心中想必有无奈、自责吧，抑或是无他，平静如水了。

虽然没有了系统学习绘画的机会，但这并不妨碍父亲由着自己的兴趣描描画画。他利用一切可能的机会，来收集美术资料，画报、报纸、杂志、香烟盒、邮票，甚至是一枚小小的火柴盒火花，但凡上面有绘画图案的，都被他剪下来，一一粘贴到自制的本子里。这个习惯一直持续到婚后好多年，经常扑腾得满炕都是。起初，母亲并不理解甚至是埋怨，但渐渐也就释然了，这毕竟比抽烟喝酒耍钱的习惯好了太多。到了后来，父亲已经练就了很娴熟的剪报技术，剪得是又快又齐，母亲常常笑他，说他比大姑娘小媳妇剪得都好。最后居然整理出有近一人高的资料了，其中最多的是中国山水画，他对那些山山水水有着特殊的感情。直到现在，父亲还时不时地把其中几本认为是精品的资料拿出来翻阅欣赏一番。

当兵复员回来，王东阳的父亲在镇上找了一份开车的工作，终于有了虽然寥寥无几但却可以自己支配的工资，父亲用的最多的就是买书。父亲做了一辈子的司机，年青的时候经常跑长途，于是也就有了到大城市走一走、到书店转一转的机会。经常会有一同跑长途的叔叔对母亲说，你家老王，一转身就没了，不用到别的地方找，肯定是去书店了。所以每次跑长途回来，父亲都会带回一两本绘画书来。

虽然绘画资料、书籍多了起来，但没有专业指导，且在农村这样一个环境，父亲始终是不得其法，无法跨过绘画的门槛，所画出的东西也都是业余之作。但业余之作画多了，也多少积累了一些经验，并且应用在了农村的生活中。那个时候的家具上，柜门多是镶上玻璃，用花纸或者印刷的图画从内侧装饰。但父亲逐渐地摸索出一套玻璃画的制作方法，多以花鸟、山水为题材，效果很好，以至于王东阳家的家具，现在看来仍是光亮如新，赏心悦目。

在有了这样一门手艺后，找父亲画画的人逐渐多了起来。最开始是王东阳的叔叔、姑姑、舅舅，再后来是父亲的战友、同事、邻居等。但绝大多数都是义务奉献，并没有报酬，且得自己搭上颜料。父亲倒并不在意，反倒是乐意帮忙，许是觉得自己的这一点小小的技能终于有了用武之地。那几年也许是父亲这短暂的业余绘画生涯的黄金期，期间还画过老人出殡的经幡，工厂的宣传板报……但随着农村生活的改变，家具的更新换代，父亲逐渐没有了施展"才能"的平台，渐渐地，画笔也就搁下了。

在王东阳上学之后，父亲对绘画的热爱逐渐地转嫁到了儿子身上，也正是在他的书堆里的摸爬滚打，让小时候的王东阳对绘画有了模糊的印记，并逐渐产生了兴趣。之后参加美术班，考上美术学院，也都是按照父亲的意愿一步步地前进。后来听母亲说，在录取通知书寄回家里的那一刻，父亲高兴地跳了起来，边跳边兴奋地说："这下终于成了，这下终于成了！"想到儿子要经过专业系统的美术学习，仿佛是自己多年的夙愿终于实现……

　　看着在临摹爷爷"大作"的儿子，王东阳的思绪渐渐地回来。作为屯子里第一个走出来的大学生，他着实感谢父亲的引领。虽不是高门大户，但他觉得这份传承，让他无比富足。因为在儿子身上，他仿佛看到了当年拿着画笔的自己，不过儿子现在所阅读的书籍的数量和质量，远远地超过当年的自己。此刻，电视里正播放着成龙等人演唱的《明天会更好》，儿子也在跟着一起哼唱："让我们期待明天会更好……"爷爷奶奶在一旁乐得直拍手，大声说着："一定会更好！"

腹有诗书气自华，最是书香能致远

魏　颖

一盏茶，一缕香，一捧古卷细思量，如豆的灯光下，茶香缭绕，书香晕染，心香氤氲，我深深沉醉其中。书香好像一把钥匙，能够开启心中的困惑之门；书香好像一对翅膀，能够助我在知识的天空里自由地翱翔；书香好像一盏明灯，能够指引我在黑暗中寻找方向，使我明白：腹有诗书气自华，最是书香能致远。

腹有诗书，其品自高；腹有诗书，其德自谦；腹有诗书，其身自正。幼年时，我便与书香结下了不解之缘，书香似一粒种子，在我心底生根发芽。随着年龄的增长，读书的兴趣越来越浓，于今已然成为我生活的一部分，捧起书来，感觉日子过得很充实、很惬意，颇有些"悠然心会，妙处难与君说"的味道。每每在人生的重要时刻，那一缕书香都成了我前进的动力。

种下种子，埋下希望

小时候，我在农村长大，那时的文化生活太过单调，当小朋友们都在撒欢地四处玩耍时，妈妈却总是对我说："孩子，要多读书，读书才能改变命运。"我似懂非懂地看着妈妈，依偎在妈妈的怀里，听着妈妈给我讲故事。至今我还记得那一幅幅充满奇幻色彩的画卷：英俊的王子拯救了沉睡中的公主，英勇的骑士击败了吐火的巨龙，勇敢的探险家们找到了埋藏已久的宝藏，就连最普通的青蛙也是王子的化身……这一篇篇神奇璀璨的童话故事，似一粒"读书种子"深深藏在我的心底，埋下了希望，开启了我在书海中的航程，让我在充满墨香的纸页间寻找到一个又一个的全新世界。

而"读书种子"真正生根发芽，还要从一年级语文课本说起，那个时候就觉得书本十分有趣。后来就接触到了小人书，开始了课外阅读阶段。小人书的内容大多是历史故事或革命故事，如《西游记》《水浒传》《三国演义》《杨家将》《三毛流浪记》《林海雪原》等。小时候，农村没有书店，大家最盼望着过年去城里买吃的玩的，而我心心念念的却是买几本小人书。小时候我所有的压岁钱和零花钱，几乎都用在了购买小人书上，最多的时候集了一百多册，在小朋友们眼中，我是"富翁"。

虽然爸爸妈妈没什么文化，但是他们对我的教育却影响了我一辈子。小学三年级的时候，爸爸妈妈突然决定要给我转到城里读书。我当时很苦恼，不想离开小人书的世界，殊不知，爸爸妈妈是为了能让我读更多书，接受更好的教育才狠心离开他们赖以生存的土地。一来到新学校，看到温柔有气质的语文老师，我便深深地爱上了她。每天都能听到语文老师绘声绘色地讲古今中外的故事，在她的引导下，我开始阅读国外的书籍，在《苦儿流浪记》中，与历经苦难最终获得美好生活的雷米共同成长；在《白鲸》中，目睹了坚强的船员们与白鲸的惨烈对决；在《鲁滨孙漂流记》中，跟随鲁滨孙在无名的小岛上建立自己的王国。这些读物令我废寝忘食，主人公们的传奇经历慢慢教会了我如何成长，而风情万千的异国世界更是开阔了我的眼界，让我想要去看更多的书。短短几年的时间，我就在书籍中游历了大部分的欧洲国家。

我感谢小学语文老师教我做人的道理，带领我遨游于书海，令我的小学生活如此精彩。"读书种子"在他们的呵护下逐渐发芽滋长。

与书为伴，孜孜不倦

随着年龄的增长，初中时我逐渐喜欢上了国内的经典读物。我能够从《水浒传》天罡地煞的反抗中，看见朋友间的肝胆相照以及那"路见不平一声吼"的侠气；也从《西游记》神鬼妖魔的聚集中，看见善恶间的摇摆不定和那"踏平坎坷走大道"的坚忍不拔。我最喜爱的是《三国演义》，已经不记得读过多少遍了，后来因《三国演义》而看了裴松之的《三国志注》。从初时着迷于书中诸葛亮的多智，到后来欣赏历史上曹孟德的权谋，再到最后仅凭个人喜好赞慕赤壁烈火下周公瑾的英姿。我通过这两本书，了解到了三国时期真实的历史与人物，仿佛也明白了现实生活中的一切，都不同于小说那般风云变幻，真实的生活是有血有肉的。

兴趣是最好的老师。高中时起，我迷上了武侠中的侠骨柔情。繁忙的课业压力和升学压力让我失去了很多读书的时间，但欧阳修说过，他读书多是在"马上、枕上、厕上"，我深以为然。鲁迅先生也说过："时间就像海绵里的水一样，只要挤，总是会有的。"所以，我还是利用周末闲暇之余读了很多书，其中《飞狐外传》令我如痴如醉，《射雕英雄传》更是别有一番风味。我曾徘徊在江湖武林的恩怨情仇中，有过苦也有过甜，有过爱也有过恨。这和我生活的世界一样，有过忧愁也有过快乐，有过悲伤也有过痛苦，无比真实，也是无比现实。

但现实永远是残酷的，填报高考志愿时，我和妈妈的意见出现了分歧，我喜欢读书想报中文系，而妈妈却觉得从农村走出来不易，还是应该学金融，这样才能去更大的城市闯荡。我知道妈妈一辈子辛苦的工作都是为了我以后能过上更好的生活，但是我一面不想放弃自己的爱好，一面又不想违背辛苦供我读书的妈妈，我不知如何是好，直到我的善解人意的语文老师送了我一本书《人生只有一次，去做自己喜欢的事》。这本书的作者是摩西奶奶，她把自己百年人生的经历娓娓道来，讲述人生的真谛与本质。她的睿智和干练，从容和乐观，犹如一道心灵温泉，给正处迷茫的我带来了启示与激励。

世界上最爱我的人永远是妈妈，和妈妈深切交谈后，我最终还是选择了中文系。我坚信的不只是遵从自己的内心，做自己喜欢的事情，并且始终如一地坚持下去。我更加坚信：在这条真正属于我自己的人生道路中，我一定要做个勇士，像摩西奶奶一样，勇往直前不退缩。

不论前方的风景是百花盛开、争奇斗艳，还是乌云笼罩、羊肠小路，更或是泥泞不堪，我的心境始终是平静如水而光明无限的。最终我如愿考上了重点大学的中文系，开启了我与书香的另一段奇妙旅程，我将与书为伴，孜孜不倦。相信在不远的将来，生活一定会带给我一份出其不意的豪礼。

不忘初心，静待花开

时光在悄然地走着，现在的我已经与书籍成为很要好的"朋友"。这位"朋友"贡献给我太多太多，令我收获全新的经历与感悟，让我品悟崭新的思想与内涵。我吸收着来自这位"朋友"所散发的灵气，在不断的阅读中选择我未来的方向。

一路走来，有两位语文老师影响了我的一生，大学毕业后，我毅然走上教师的岗位，我想要成为像她们一样的教师。

初当教师的我既兴奋又忐忑，我喜爱读书，喜爱当老师，我有一腔热血却屡屡受挫。班级的问题层出不穷，解决完学生打架事件，又要面对不完成作业的孩子……初当老师的日子让我一度否定自己，直到我的师父郑老师送给我一本李镇西的《教育知行路录》，我才柳暗花明又一村，明白如何做好一名教师。原来后进生的转化不是一味地指责批评，而是要用心灵去赢得心灵，用爱和信任去感化孩子。班集体的管理不是靠班主任一人管理，而是应人人参与，人人都是班级的管理者，等等。后来，我又阅读了一系列教育书籍，有《给教师的100条建议》《第56号教室的奇迹》，等等。我始终相信，书籍会告诉我一切答案。我明白每一个孩子都是研究对象，每一次突发事件都是教育契机。

如今，我仍然是一名青年教师，所带班级虽然不是年级中的佼佼者，但是我相信，只要我不忘初心，与书为伴，用这种对书的热爱感染我的学生，我想，不久的将来我一定会成为一名合格的教师，像我的恩师一样去影响更多的孩子。

正如李镇西所说：善待每一个日子，呵护每一个孩子；品味着生命的每一寸时光，享受着教育的每一刻浪漫；和学生编织着一个个跌宕起伏的生命故事，把故事变成荡气回肠的成长传奇，再把这传奇导演成我和孩子们共同的充满诗情画意的"青春大片"……我想在未来的教育生涯中，我将定不忘初心，静待花开。

第三篇

开卷润童心

书香远征路

文天娇

　　青绿盈袖，一夕韶华。浓情书香，氤氲我心房，陪伴我成长。于书香远征之路上的漫漫求索，使我收获馥郁芬芳。

　　庚子年春，新冠肺炎疫情肆虐华夏大地。不能外出，我只能被禁锢于一方书桌前，深埋题海。心不由多生几分躁意，抬眸，看那卷卷籍册于案头孤独地卧着，古墨色书皮还闪着莹润温厚的光泽——那是昔日赋闲最快乐的玩伴啊。

　　心生怵动，弃笔拾书。目光定格在李太白的一句："欲渡黄河冰寒川，将登太行雪满山。"不禁莞尔，真是古人与我心有戚戚焉！思绪随诗仙的处境飘飞，看他那长风破浪的昂扬斗志与自信，豪侠之骨骤然充满全身，渊静之肌亦俘获心灵。满心醉意牵动唇角，酝酿出一个曾不可企及的意境。是啊，人生一世，草木一秋，人生中的困境有如重峦叠嶂，一山放出一山拦，新冠肺炎疫情更是全人类共同面对的困境，何必过度劳神苦思？漫游书香之中，有何不可？

尼采道：所谓成长，便是身体与心灵至少其一在路上。诚哉斯言！

于是，当晨曦微漾，风舞霓裳，我读"江山如画，一时多少豪杰"。路过苏子的岸，掬起一朵大江奔流的浪花，洗涤净黑夜的尘；当晚风迤逦，夕阳欲颓，我的目光飞跃到"它熄灭着走下山去收尽苍凉残照之际，正是它在另一面燃烧着爬上山巅布散烈烈朝晖之时"，越过史铁生的地坛，我俯视枯木逢春的梦境；当深夜漫漫，孤灯荧荧，我又转向"月光还是少年的月光，九州一色还是李白的霜"，望过余光中的故乡，我体悟华夏家国之思的深厚底蕴。一颗心，于书香中一经淘洗，也逐渐打磨得珠玉流彩，让岁月久久生香……

浓情书香，伴我成长，不仅让我获得心灵的成长，还有安静的力量。红尘喧嚣，天下熙攘，多的是鸢飞戾天的纷争，少的是真正定下心的沉潜之人。只有这厚厚册籍，才能让我拥抱如此馥郁芬芳。这份香不应独属于我，更应属于泱泱华夏所有鲜活的青春。

兰花漼动，岁月弥长，诗意心灵落雨清；梧桐生矣，于彼朝阳，书香翩跹韵味长。

心灵游弋千古

孙纳佳

　　"一个人，肉体栖居当代，只有'个体的一生'，但心灵可游弋千古，过上'人类的一生'。"于字里行间漫溯，寄一叶扁舟，游弋千古之嘈杂光景，撕开刀光剑影的缝隙，破开层层弥散灰烬，窥得一斜天光。阅读之于人成长，如春起之苗，不见其增，日有所长。

　　由先秦散文至汉赋，乃至唐诗、宋词、元曲、明清小说；从"风骚"至诸子百家，以至四书五经，无不彰显中华文化千年传承。其文字深处的精神内核，万千思想凝聚滚滚大江，奔流不止。从此民族傲骨挺立，民族魂永存，如光耀日月，照破山河，传承不息。

　　于文学素养与思想深度处入手，梁衡笔下理性思考分析，杨绛笔下平实藏锋，皆于吾辈有万千可学之处。而吾独爱余秋雨先生之文，在传统"文以载道"的基础上张扬理性大旗。以"为天地立心、为生民立命，为往圣继绝学，为万世开太平"

的姿态直指未来。《文化苦旅》《行者无疆》《千年一叹》中，有关文明与文化的深入思考引人回味，从《道士塔》被掠夺而去的文化瑰宝，到被火山灰淹没一切的庞贝古城，以至无数或大或小，或流传甚广或止于寸步的文明，隐含着文化失了故土便如草断了根，从此漂泊无依之观点，字句引人入胜。深入文章字句间，可增加思想深度，可获得理性思维，可增加人生厚度，使人受益匪浅。

抛去润色自身底蕴素养不谈，文学于个人精神之打磨亦不可或缺。

余光中先生《湘逝》中一句话，至今记忆犹新："惟有诗句，纵经胡马的乱蹄，乘风，乘浪，乘络绎归客的背囊。有一天，会抵达西北那片雨云下，梦里少年的长安。"诗句于中华文化中毫无疑问占据举足轻重的地位。无论是屈原《怀沙》"知死不可让，愿勿爱兮，明告君子，吾将以为类兮。"抑或是陶渊明《归去来兮辞》"胡为乎遑遑欲何之？"抑或是王勃《滕王阁序》"落霞与孤鹜齐飞，秋水共长天一色。"无论是绝命之悲壮一词，抑或是摒弃功名浮沉逍遥一渡，抑或踌躇满志，誓有一番作为不枉此生，皆是源于上古"清洁"精神。而此番凭一腔孤勇，坚定选择前路之举，吾辈当以此为己之为人行事标准，传承千古诗文之精神，方不枉此瑰宝。

莫莫高山，深谷逶迤，晔晔紫芝，可以疗饥。读经典有如食灵芝采仙草，可使人自内而外成长；可跨越时间空间洪流，触碰山川湖泊的心跳；可不局限于当代，而踏上征途游弋千古之风光。

书香与父爱伴我成长

梁　彻

曾经，我不喜欢读书，书香于我而言，是刺鼻的油墨味。尽管酷爱读书的爸爸总是绞尽脑汁地培养我读书的爱好，神采飞扬地和我描绘所谓读书能够带我进入的那个五彩斑斓的全新世界。但在我心中始终矗立着一堵墙，阻隔在我和书中世界之间，书中世界在我眼中是黑白色的，我对墙那边的世界毫无兴致……我反感并抗拒读书的态度让爸爸焦急万分却又无可奈何，他每天不厌其烦、苦口婆心地劝我读书，无奈读书对我来说太过枯燥乏味。我置若罔闻的态度终于引燃了爸爸的满腔怒火，即便他大发雷霆，即便他厉声呵斥，除了让我觉得我和他之间愈发无话可说之外，阻挡在我和书中世界之间的那堵墙依旧顽固的杵在那里，没有丝毫的动摇，直到……

七岁时，爸爸被派驻到遥远的另外一座城市工作，这意味着爸爸不能每天陪伴我身边了。送别他后从机场回到家中，我用哭红的双眼努力搜寻家中任何和爸爸有关的东西，最终目光落在已经被爸爸塞得满满的书柜。崭新的书籍高高低低地叠放在格子中，因为被遗忘而静静地躺在那里，就像此刻的我一样委屈，我仿佛听见它们在轻叩我的心门……

打开书柜，一股油墨的清香扑面而来，我擦干了眼泪，满眼都是爸爸曾经为我分门别类摆放好的书，整整齐齐、密密疏疏。他甚至结合我的身高和书的难易程度把目前最合适我读的书摆放在我最容易看到和够到的位置，但我曾经视而不见……天文地理、科普读物、古代诗歌、科幻小说、儿童文学……我闭上眼睛任凭手指在整齐排列的书脊间划过，爸爸从前劝我读书的声音在脑海里萦绕，曾经的啰啰唆唆、絮絮叨叨此刻都变得那么遥不可及，我曾经有多么辜负爸爸对我的期待，此时此刻，我的心中就有多么懊悔。泪水再次模糊了我的双眼，挡在我和书中世界的那堵墙开始剧烈地摇晃起来，砖与砖之间开始有了缝隙，我还不能够透过这些缝隙看到另一侧的书中世界，但我瞬间能够感受到另外一侧的书中世界饱含着爸爸对我深沉的期待和满满的爱。我想念爸爸，那一刻我唯一能够想到的可以拉近我和爸爸距离的办法就是读书……我闭着眼睛随机抽出一本书，用心地读了起来，我相信爸爸买的书，都是他为我精心挑选的……

接下来的日子，我一头扎进了书中世界，书香于我而言，清香又质朴，深沉又含蓄，沉浸在书香中，就像爸爸陪伴在我身边。我们父子间的话题越来越多，虽然相隔上千公里，但几乎每天我们都会隔着电脑屏幕分享彼此的读书心得：有时是一句让人啧啧惊叹的景物描写,有时是一件发人深省的历史事件,有时是一首冷门但别有韵味的古诗。我和爸爸像两个书虫一样,在书堆里废寝忘食地挖掘着,然后把有趣的内容带到我们父子间的"书友会"上分享,这应该就是古人所说的"奇文共欣赏,疑义相与析"吧。读书慢慢地成了我的习惯,书架上摆放的不是一本本书,而是一个个通向神奇世界的大门,我自由地穿梭于异度时间与空间,时而回到张若虚写下《春江花月夜》的那个夜晚,和他赏花吟月;时而穿越到居里夫人的实验室,看着她废寝忘食地做着实验;时而又来到虚拟的霍格沃茨魔法学校,与哈利波特三人组一同对抗邪恶的伏地魔……我终于相信爸爸说的话,读书真的能够带我进入全新世界,这个世界不是黑白色的,是五彩斑斓的……从牛顿与胡克的万有引力定律之争,到封闭世界与无限宇宙,再到如何理解"科学无国界,但科学家有祖国",每当爸爸抛出一个话题,我的脑海中就会立刻响起好多个声音,每一个声音都在争先恐后、滔滔不绝,每一个声音都希望被爸爸听到,生怕被冷落遗忘。隔在我和书中世界的那堵墙不知何时已经轰然倒塌,没有残留任何只砖片瓦……我突然意识到,原来融入书中世界的我,思想可以这么活跃,见识可以这样广博,更重要的是,和爸爸一起在书中世界探索,我们父子之间原来可以这样畅所欲言,无话不谈……

如今的我,热爱读书,书香于我而言,是父亲沉甸甸的陪伴,萦绕着绵绵的父子情深。虽然我们远隔千里,但书香在我和爸爸之间架起一道心心相系的桥梁,延绵着血脉,伴随着我一路成长。

书籍滋养了我

郑岚予

犹记年少，尚不知世界之大。惟捧读一卷，爱不释手。如今再看，感触万千。慨而叹曰："开阔我心，惟脉脉书香。"

小时候的我还未识字，却常常捧着书自言自语，几幅插画插上我想象的翅膀，便成了与原本故事相差甚远的孩童戏语。大人们啼笑皆非，我却不以为意，以此为乐。当我长大后，爸爸妈妈为我买来童话故事、寓言几则，我更是深陷其中。与白雪公主、灰姑娘去喝下午茶，在《孔融让梨》的故事里品读着似懂非懂的道理。那时的我也许并没有读懂那字里行间真正的含义，却不知灵魂已染上脉脉书香……

上小学后，在课下我常常是从书桌里掏出一本书静静地读，周围打闹喧嚣的声音刺耳却不影响大脑里的一个个复杂又生动的故事轮番上演，同学们经常为此打趣。我报之一笑。想着：书里的世界可精彩着呢。慢慢长大，我渐渐有了自己不成熟的观点与想法。有时，一些书中的观点令我十分疑虑，百思不得其解；有时又令我陷入迷茫，不知对错几何。不变的是，我拿起书时，眼中闪烁的欣喜与光芒。读书，也锻炼了我思辨的能力。

升到六年级，课业的繁忙让我不得不暂放下精彩的故事，去奔赴现实的"战场"，我感到力不从心。这时，只有闲暇时那片刻放松在书中，才能让我重新拾起对生活的信心，对明天的不变希冀。那一个个生动的人物，教会我如何在生活里披荆斩棘；那一个个哲理，为我照亮前方的路。我不悔我与书相遇，我感谢书让我成长。

成长的路上，仍不甚明朗；未来或许仍不尽如人意。可我始终不怕，因为书伴我身旁，滋养我，也给我力量。

同学们，去读书吧，在书中寻找属于你的乐趣。

假如我只能带三本书

吴汐苒

我在网上看过一个讨论："假如一个人去孤岛生活，只能带三本书，你会选择哪三本呢？"回答各不相同，千奇百怪。我认真地思考了一下，我又会选择哪几本书呢？我想，我的回答会是《平凡的世界》、《红楼梦》和《论语》。

我的爸爸在 20 世纪七十年代出生于江西省一个偏僻的小山村。那里非常贫穷，很多农村孩子只上完小学就回家干农活了，但奶奶非常重视教育，坚持要让孩子们读书。不过，除了课本，爸爸也找不到什么可以阅读的书籍。初一暑假的一天，在干农活时，他从家里的箩筐中发现一部《平凡的世界》，如获至宝，他被孙少平曲折跌宕的人生深深地吸引。后来他才知道，这"闲书"是当时正在读高三的姑姑偷偷带回家的，因为害怕被爷爷奶奶看到，就藏在箩筐里，碰巧被爸爸发现了。虽然，他那时才十岁出头，对于小说的内容一知半解，然而这部书为他开启了一个全新的世界的大门，从此，他便知道了，这世上还有和他相似的生活平凡且困苦的人，这些身处苦难当中的人却从来没有失去生活的信念，没有放弃努力。从此，我的爸爸喜欢上了阅读，他开始四处寻觅可以读的书籍，无论是在放牛的山坡，还是插秧的田间，只要稍有空闲，他都在读书。因为当时的乡村里还没有通电，夜里他只能点着油灯读书，早上洗脸时鼻孔里全是黑乎乎的油烟。

爸爸常说，阅读改变了他的命运。阅读让他了解闭塞山村以外的广阔世界，阅读使他明白了很多人生道理。阅读多了，爸爸开始喜欢自己练笔，还曾被选中代表县城去市里参加中学生作文比赛。这是他人生第一次走出乡村，见识到了小山村外面的世界，也因此收获了自信。此后，他勤学不辍，读书、学习直到获取了博士学位，而指引他走上这条与想象中完全不同的道路的，就是那部藏在箩筐里的《平凡的世界》。爸爸小时候和孙少平的生活轨迹有些类似，又不尽相同。我选择这部书，是想更好地了解爸爸，感受他年少时的人生境遇和心路历程。

《红楼梦》是我妈妈最爱的一部书，也是我现在反复阅读，爱不释手的一部书。我问妈妈："你为什么喜欢看《红楼梦》呢？"妈妈说："因为《红楼梦》描写了一个五彩缤纷的奇幻世界。那里有人生的跌宕起伏：宝玉自幼锦衣玉食，与黛玉两情相悦却阴差阳错阴阳两隔，经历了家族的由盛而衰，了结尘缘遁入空门；晴雯幼时贫贱，被卖入荣国府，聪慧伶俐，得宝玉珍爱，衣食无忧，后被逐出，贫病交加，年少夭亡；探春生母不仁，不被重视，其后虽展露才华一鸣惊人，却也落得个远嫁，再无团圆之日。那里有人性的复杂多变：凤姐狠毒，设局将贾瑞、尤二姐一一害死，然而也干练，料理荣国府沉着冷静，有条不紊；宝钗温和，入府月余，人人叹服，却也凉薄，目睹幼年好友香菱被折磨致死，却袖手旁观；鸳鸯圆滑，贾母面前背后翻云覆雨，但是她坚韧不屈，面对贾赦的威逼利诱，不依附，从心之所愿，宁死不屈服。那里有历史的兴衰变迁：元春以自己的青春自由换宁荣二府无限尊荣，满则溢，贾府衰败，眼见他楼高宴客，曲终人散。"

《红楼梦》里有文化的丰富多彩，建筑的美轮美奂，衣饰的奢华精美，饮食的精致考究，礼节的烦琐庄重，更别说还有语言的惟妙惟肖，词曲的意味深长，代表湘云的"寒塘渡鹤影"，代表宝钗的"皮里阳秋空黑黄"，代表黛玉的"质本洁来还洁去"……妈妈说，《红楼梦》是一本怎么读也读不尽的书，因为这部书丰富了她的精神世界。我也很喜欢这部书，我想把《红楼梦》一直读下去。

我还想带的一本书是《论语》。《论语》的核心是仁，它表明人与人之间要友善、真诚和互爱。对于我们个人来说，仁的最基本要求就是真和善。只有个人自己追求仁，自觉地重礼、重义，才能善恶分明，表里如一地践行仁。《论语》是中国传统文化中最为重要的积淀，是我国历史发展过程中的文化瑰宝，作为中华儿女，我选择这本书是自然的，也是必然的。

然而，现在有一种观点：《论语》的思想已经过时，人们成功的标准不再是仁、义，而是金钱、地位。为了得到金钱和地位，很多人不惜违背基本的道德准则，甚至做出偷、拐、蒙、骗等违法乱纪的勾当。我们经常在新闻中看到那些极度追求金钱和地位而误入歧途的事例，无一不让人扼腕叹息。幸好，现在我们又可以看到"国学"正在受到大家的重视，中小学课本中也增加了不少古文。我们都知道，在学习西方先进技术和文化的同时，不能将老祖宗遗留下来的传统精华也弃如敝屣。毕竟，它的精神历经千年而融入我们每一个人的血液，随时随地，我们都会自觉或不自觉地脱口而出《论语》的名言。例如，我们校门口就镌刻着八个字的校训：博学于文，约之以礼。我们每天进出校门注视着它，它就像春风化雨一样，默默沁入我们的心里。

如果真的去一个孤岛生活，我想这就是我想带的三本书。《平凡的世界》可以鼓励我在任何曲折的生活中都不要磨灭对美好的向往和努力，并承担起自己的责任；《红楼梦》可以让我在岛上孤独的时候，构筑一个大观园一样的精神世界，乐在其中；《论语》则告诉我不管是独处还是和他人相处，我们都要保有内心的真、善、美，友好真诚地对待这个世界的每一人每一物，让自己的内心永远像珍珠一样闪闪发光！

父亲的书柜

翟文翎

　　"这是最平凡的一天啊 / 你也想念吗 / 不追不赶慢慢走回家……"喜鹊扑扇翅膀停落在书房窗前的柳树枝上，将楼下小店播放的乐声随着浮动的微风一齐卷入屋内。窗外，风拂林梢，骄阳正好；窗内，两杯清茗，满室书香。

　　记忆中，儿时凡是悠闲的午后都是和父亲一起在书柜前的小沙发上度过的。暖洋洋的阳光透过窗棂洒在书页上，古檀木散着淡淡的香，悠悠然渲染出惬意的滋味。六七层的书柜满满当当被各式各样的书籍霸占着，却只有最低的那一层是属于当时的我。

　　一段安静到只能听到翻书页的哗啦声的时间，是我对小时候简单纯真日子最鲜明的记忆。父亲沉浸在"商场风云"的起起伏伏，有时读到有趣或有哲理的部分，他总会先轻咳两声，接着开口道："姑娘，老爸跟你说……"年纪尚小的我总是听得懵懵懂懂，却会装作一副小大人的模样揣着两手，再缓缓地点一点头，应和着说："嗯……原来如此！"现在想来，慢慢长大的我的很多思想与行为处世都是来源于那时吧。直到天边的云絮被绛色的黄昏晕红了脸颊，厨房中阵阵飘来饭菜的勾人香味，我和父亲便会放下手中的书，小心翼翼地将书本放回原位，才算终了。

随着家楼下那棵柳树年轮一圈圈的增长，我也渐渐长大，步过初中，踏入高中，阅读的书也随之增多，父亲的书柜已放不下我们两人的书，于是父亲又买来一个略小的书柜。同样是在一个闲适的午后，同我一起将那个真正属于我的小书柜组装好，摆放到父亲的大书柜的旁边。一高一矮的，两个书柜并排站着，在层层晚风的拂动下，成为我和父亲的心灵憩所，两个书柜，两个人，一间书房，满室书香。

课业的逐渐繁重令我的内心倍感疲惫，可每每遇到我和父亲都余闲时，父亲总会夹着一本书来到我的房间门口，笑道："来，姑娘，陪爸爸看会儿书。"于是满心的疲惫感总会在书的世界中被人物的一颦一笑，所写风景的淡然安宁——抚平。然后怀着满心的希望，奔赴新的旅程。

数年间，变的是书的内容与数量，变的是父亲与我的年龄与见识，可那浓浓的书香，那些教会我成长的一言一行，成为一种永恒的传承。也许数十年后，书柜前的两个身影，会变成我和我的孩子，并肩遨游于书海……

尽享阅读之欢，书香伴我成长

谭 笑

　　时光清浅，水墨留香，时光如梭，岁月无影，不知不觉已有十六余年纵享人间。回观来时路，才发现有许多保留至今的习惯。阅读书籍，品其精华，也算是人生一大乐事。

　　牙牙学语的三岁，喜欢听父母每日的睡前故事。那时候只记得大灰狼很坏，白雪公主很可怜，睡美人很美。我喜欢父母用温柔的语气哄我入睡，喜欢听着新奇的故事再带着好奇做着五彩斑斓的梦，喜欢那淡淡的书墨气息萦绕鼻尖。

　　我渐渐长大，学会了自己看带着拼音的儿童读物。看到了会说话的小动物，能飞上天的扫帚，还有会施魔法的女巫。我随着一本本书，进入到另外一个世界，觉得好奇又欢喜。就在不知不觉中，我似乎闻惯了带有丝丝墨香的读本，也渐渐地与其结下了缘分。

　　到了学龄之年，认识了更多汉字，懂得了更多读音，便开始阅读更多的书。那时候看得很杂，觉得什么好看就看什么，当下流行什么便看什么，有的囫囵吞枣，有的细细品读。书中人物的一颦一笑，一嗔一怒，都能牵动我的心神，我就在那个时空静静地陪着他们，也会因悲情红了眼眶，乐事喜上眉梢。那时的我就像发现一个宝藏，小心翼翼地捧着，就怕一不小心摔了而烟消云散了。

再长大些，我开始不仅看自己喜欢的，还会广泛涉猎，从中汲取知识。我看过烧脑的侦探小说，品过流传至今的名著佳作，也读过富有韵味的诗词名篇。逐渐懂得了爱而不得，两情相悦；懂得了乱世纷争，诸侯争霸；懂得了欲加之罪，何患无辞；懂得了字字珠玑，句句箴言，段段入心。

而现如今十六岁的我，也不再仅浮于表面，而是喜欢拿着一个小本子将书中喜欢的语句抄录下来。或是绚烂的晚霞，或是宁静的夜，或是海边的小镇，或是带有烟火气息的摊店。也会记下喜欢的诗句，"山有木兮木有枝，心悦君兮君不知。""待浮花浪蕊俱尽，伴君幽独。"还会记下一些文案与心灵鸡汤，"星河滚烫，你是人间理想。""少年不惧岁月长，彼方尚有荣光在。"也不再仅仅满足于阅读，有时灵感迸发也会记下随笔并构思一些奇妙的故事。

十六余年，兜兜转转，得到了许多，也失去了许多，始终没变的，也只有阅读。书籍似乎有一种魔力，当抚上它粗糙的纸张，闻着淡淡的墨香，心便会不自觉地沉淀下来。书中的道理，人情世故，尔虞我诈，也教会了我为人处世的准则。从一张白纸到填满色彩，书籍的作用是功不可没的，它像一位导师，更像一位挚友，陪伴我在漫长的岁月中一点一点地长大。

　　如今我坐在窗边，一笔一画写下我和它的故事，虽说不长，但也不短。夕阳的余晖洒下，丝丝缕缕地溜进房间，在我的身后镀上一圈光晕，纯白的窗帘微微飘动，带来的风拂过我的发丝；鼻尖轻嗅，闻到了青草的清香；鲜花的馥郁，闻到了书墨的气息、青春的味道。愿我能一生以书为马，以笔为鞭，浪迹天涯。

童年与姥姥

刘景桥

　　因父母忙于工作，我的童年时光大多是与姥姥相伴。虽然随着年龄的增长，人生阅历丰富了、拓展了，但童年的经历却似珍藏于心中的宝物，会不时地翻拣出来细细地品赏一番。

　　每个人的童年各不相同。在顽皮好动这方面，我自信怕是比旁人更胜一筹。我曾因模仿力大无比的鲁智深倒拔垂杨柳，而让姥姥家的几大盆君子兰仰面朝天；因好奇电磁炉如何加热，而把小手弄得水泡满满；因好奇卫生间里马桶那神奇有趣儿的功能，常常轮番地按动两个按钮儿，好玩极了，我蹦跳着，欢笑着，用这汪清水洗手，甚至洗脸……诸如此类之事，实是数不胜数，更为离奇的，还在后头呢。

　　姥姥家距我家较近，也因此而成为"重灾区"。有了"臭名昭著"的我的到来，姥姥不得不煞费苦心地一次次地为我"清场""善后"。一日，碰上农村的亲戚来做客，还带来了珍贵的农产品——一大袋刚收获的小米。还不知其是何物的我便乘姥姥出门远送客人之时，将袋子打开，把袋中的小米全都倾倒了出来。姥姥回来一看，满眼是"黄金海岸"！等姥姥忙于收拾时，我又学着姥姥擦地的样子去清理另一间屋子的地板，但我手里的清理工具，却是一把新买的牙刷！收拾好小米后的姥姥听到这里的响声，又忙赶了过来。但这时的我已放下"作案工具"，上床后爬到了卧室窗台上，并用窗帘挡住了自己。等姥姥掀开窗帘，发现我还在鱼缸边虎视眈眈，正当姥姥准备开口时，我却先稳定军心："鱼是看的，不能抓。"姥姥赞许地点点头，放心地转身出了屋。可还没走几步，我已伸手抓出了一条。最后，我不得不在姥姥的"监视"下放了回去。这场闹剧才算最终告一段落。

一个人的成长，多是来自亲近的人的影响，"潜移暗化，自然似之。"（语出自北齐·颜之推《颜氏家训·慕贤》）。姥姥家有个大书橱，我便有个小书架……

当时虽小，但也有一时不可胡闹，这便是姥姥带我看书的时候。每天姥姥忙完了家务，总会雷打不动地抽时间来与我一同读书。我也是自那时起，逐渐地能"坐得住"了。有时竟也学着姥姥的样子翻起书来，一手字典一手书，翻书的模样倒像了七八分，只不过有一样技巧未曾学到精髓——翻书前向手指上轻轻地唾一口。许是因怕脏了书，我总是唾过左手食指却用右手食指去翻书，动作着实滑稽可笑。正赖于此时姥姥的熏陶，在书籍跟前的虔诚，心无旁骛，我才早早地迈入了"读书兴味长，不负好时光"的黄金阶段，常常是手不释卷，如饥似渴地从书籍中学到无比丰富的知识，汲取受用终生的精神营养。

　　作家梁晓声曾说过：最好的家风，是有读书传统的家风。那么，读书角、图书架，就应该是我们立足于世的取之不尽、用之不竭的财产。

　　如今已过去了多年，姥姥已然白发苍苍住进养老院了，但她给正值青春年少的我，留下了受用一生的潜心读书的好习惯。每思及于此，常感念其恩，唯愿老人晚年幸福安康！

棕黄书香

于昕格

从旅顺到大连，从 2009 年到 2021 年，迁了几个家，多了十几岁，被时光和岁月消磨隐藏的回忆和物品很多，不变的也就那么几个。现在再环顾如今的暂居地，唯一驻守的只剩下那个五层的、厚重老旧的棕黄色书架。

那书架可不止十六岁，按照老说法那可是母亲的陪嫁，说来感慨，这个从小陪着母亲长大的老家伙竟也如时光再现般陪着我长大。小时候母亲打趣我："以后就拿这书架当传家宝怎么样"，我还天真地，言辞凿凿地劝说母亲太旧太老的东西不值钱。只是如今才发觉，越老旧越值得，因为重要的是书架，更是回忆；因为传承的不止书架，还有书香。

在我还够不到书架的第三层时，仰着头能看见第四、五层的父母的学习书，什么母亲的《会计学》和《应用体系》，也有父亲钟爱的老两样：书法和相声。而向下的第三层，有照片，有小猪储钱罐和一沓手稿。一二层是我的书，我的绘本，我的童话，还有一本手影书。小时候最期待的就是父母傍晚回家，我抱着手影书跑到父母的被窝里，缩着脑袋等着俩人来，等听到门"吱呀"一声推开，便会张开双臂，举着手影书大声闹，"妈妈，手影！"然后依偎在母亲怀中，看着书上的神奇小动物，听着父亲绵长的呼噜声，在温暖的棕黄色光影忽明忽暗间渐渐睡去，梦中有时还会梦到书中的人物，便觉得这一天的等待都是值得的。

后来长高了一些，踮起脚尖能够到书架的第四层了。整个书架便都换上了我的书。只不过第三层的物件不见了，变成了第五层的记录本和玩偶。搬到新家后，特意求父亲把书架搬到床边，一抬手就是我的整个世界。冬日暖阳下，我会挑出一两本挚爱的书，坐在床上，靠着窗边的暖气，把兔子玩偶枕在头发后，然后窝在被子里，在下午阳光正好时静静阅读，看光阴在文字间跳跃，看喜怒哀乐在纸张上再现。旁边的棕黄书架就那么静静地站着看，我一抬眸就能看得见它被棕黄色的暖阳笼着，我也被棕黄色的光影环住，整个世界都是书的颜色和阳光的味道，这么一待，就是六七年。

当我能够摸到那老家伙的脑袋时，它的肚子里早已不是什么绘本童话了——我看它的视角高了，内容也早就变了。从几个神奇小动物到生物多样性；从不要随意丢垃圾到人与自然和谐共生；从只是故事情节的窗花剪纸到中华优秀传统文化；从孩子们的课间活动到体育运动的技巧和作用；从床前明月光到李太白一生喜笑哀伤；从温酒煮华雄到上下五千年；从英语单词到全英名著和评论赏析……这么细数，这么细想，这么细说，时光流逝，岁月蹁跹之间，那棕黄书架所承载的从小时候的兴趣爱好，到如今的全方面，多领域，深层次。变的是内容，没变的是模样，那棕黄世界里的棕黄书香一直延续着，一直存在着，从呱呱坠地到长大成人，一直陪伴在我身旁。

为什么我的书架，我的世界注定是棕黄色？

因为那是暖色，是希望温暖的颜色，是在我孤独寂寞时世界中唯一的暖色调，而以后将会是我一生的回忆和慰藉。这棕黄书香啊，不会消失的，因为在我心中，所以永永远远。

品书趣事

张仟墨

童年如一瓶果汁，喝上一口，就有一股香气流入到我们的口中，让人神清气爽。说起童年，我不禁想起一件有趣的事情。

在我 5 岁那年的一天中午，天气非常炎热，我只能待在家里，我拿起爸爸刚给我买的三本童话书读了起来。我看得不亦乐乎，一会儿发笑，一会儿难过，三本书一个下午就读完了，可是当爸爸问我书里都讲了什么，我也不知道，读完以后都忘了。于是妈妈告诉我："你要去仔细地品一品，才能知道书里面到底讲了什么道理，哪怕一个故事。"我听了妈妈的话，飞奔进我的书房，坐在凳子上，嘴里叼着手指头想：妈妈说书要品一品，那怎么品呢？

我忽然灵机一动，想出办法。只见我小心翼翼地爬上书架，取下一本童话书，翻开一页用舌头舔了舔：咦？妈妈说童话书是甜的，这为什么是苦涩的？我还差点吐了出来，我拿来历史书，舔了舔：为什么还是苦涩的。或许是还没有熟，需要煮一下吧！我想。趁着妈妈不在家，我走进厨房，搬了一个板凳，然后站上去，把两本书放进了妈妈给我热的汤中。

十分钟过去了，一个小时过去了……我走过去看了看两本书煮得怎么样了，正好遇到了回来的妈妈，她往锅里一看，立刻火冒三丈，对我叫道："你为什么把书放到锅里！你不吃饭了？"我只好低着头说出了原因，说完还大哭起来，妈妈解释道："品一品不是指吃，而是指读出故事的意义，了解它教会我们的道理。"我这才恍然大悟。

几年过去了，我从一个无知的顽童，已渐渐成长为一名少先队员。虽然时间老人把童年慢慢带走，但我知道，我的理想、我的梦想都来自书海知识的摄取。通过品书，我知道了万世师表的孔子、投笔从戎的班超、赤胆忠心的关羽等很多很多风云人物。细细品读书中经典，就像一股温暖的春风，沁入心底，无论何时何地都能让我如沐春风。

书，我的最爱还是你

邹睿桐

　　我是一个爱书的人，没有特定的喜好，天文、地理、小说、传记……我都喜欢，家里到处都有小书堆，随手拿来便可以读，我总是会沉浸在书的快乐里。

　　但自从上了中学，书不是我的最爱了，我发现了一个有趣而重要的宝贝——手机。手机可以让我查资料，手机可以增进伙伴们之间的了解，手机还让我能听歌、游戏，获得很多快乐。很长一段时间，我一直在和妈妈争论手机对我的作用。可想而知双方持有不同的意见，而且争执不下。妈妈认为手机对于学生弊大于利，非必要则不用。而我对她这老套的观点嗤之以鼻。在现在这个科技的时代，处处都离不开手机。几乎每件事情都和手机相关，每时每刻都需要手机，妈妈的观点实在是老掉牙了啊！

　　为了反驳妈妈的观点，我处处寻找机会。早上起床时，手机闹铃一响，本来还在梦乡的我一下子就睁开了眼，故意大声地说："没有这宝贝手机，怕是上学都得晚呀！"说完便用被子捂着头偷笑。和妈妈一起上学的路上，听着手机里放出的新闻，我迈着潇洒的步伐，嘴里嘟囔着："没有这宝贝手机，恐怕要成文盲了！"说完不由得抿嘴窃喜。放了学，和妈妈一起去市场，妈妈用手机付钱时，我急忙凑到妈妈耳边："老娘，没有这宝贝手机付钱，你能买到啥呀？巧妇恐怕也难为无米之炊吧！"回到家写作业时，更是离不开手机，用手机查查这个词，查查那道题，作业写得轻松又快乐。甚至到了"方便"时间，拿着手机在马桶上一坐就是半个小时，无论是聊天、听歌还是游戏，随我的心情任意切换，真是舒服啊！如果没有了这宝贝手机，我是不是生活都要"难以自理"了？

就这样，我天天沉浸在手机的快乐中，已有好几个月都没有翻开那些我喜欢的书了。日子就这样一天天过着，本以为很快乐，我却觉得和以前有了些不同。每天早上起不来床，上课时无精打采，有时脑子空空如也，写作业时也心烦意乱，就想快点写完好看看手机里又有什么有趣的事情。

结果期末考试的成绩出来后，我一下傻了眼，各科成绩都不尽人意，原本成绩优异的我，退了一大步。看着我的成绩单，我的脸红得滚烫，羞愧得真想有个地洞钻进去。我心惊胆战地回到家，本以为妈妈看到卷子后会大发雷霆，结果却出乎我的意料。妈妈心平气和地拍着我的肩膀说："任何退步都是有原因的，好好想一想是什么让你无心学习。我知道你现在的心情很难过，去读读那些你喜欢的书吧。有位名人说过，读书是驱散生活中的不愉快的最好手段，没有一种苦恼是读书所不能驱散的。"

我回到自己的房间关上了门，翻开了我读了一半的《平凡的世界》。读着读着就被故事的情节吸引了。心中在对少平的自强不息、勤奋好学品质感到敬佩的同时，也认识到了为何上课时我会走神，为何写作业时静不下心……原来是宝贝手机惹的祸，它影响了我的生活和学习，确实弊大于利。我要努力做回原来的自己，正确地去用它，它才会成为宝贝。

静静地读着书，细细地品味着，我的心又平静快乐了起来。我相信从书中懂得的这些道理，会让我不断地成长和进步。"书中自有黄金屋""腹有诗书气自华"……这些优美而又富有道理的诗句，真的说出了生活的真谛，希望生活中的我们都能拥有它。

读书伴我行

魏任泽

　　书是灯，照亮了我们前进的路；书是桨，让我们在知识的海洋里遨游；书是一把钥匙，打开了我们智慧的大门。所谓读一本好书就是交一个良师益友，但我认为读一本好书就是一次大冒险，大探究。

　　体会一次读书的过程，是很有趣的，咯咯的笑声，总是从书香里散发；沉思的目光也总是从书本里透露。是书给了我启示，是书填补了我无聊的空闲，也是书带领我遨游在古今中外。因为书，我的生活五彩斑斓，不再单调也不再寂寞。

　　童年的我，会让爸爸妈妈给我讲童话故事：《拇指姑娘》《白雪公主》《丑小鸭》等等，这些故事我总是百听不厌，它们带领我进入梦乡，让我的童年生活充满七彩阳光。听着爸爸妈妈口中的故事，看着爸爸妈妈手中的书，我知道了：原来，这些故事的家是书啊！后来，我开始接触一些简单易懂的古诗："床前明月光，疑是地上霜""少小离家老大回，乡音无改鬓毛衰""好雨知时节，当春乃发生"，这短短的几句，透着文字气息、散发着历史烟尘，诗人的感慨，历史的沉淀都表现得淋漓尽致。今年，我领略了海伦·凯勒眼中的世界，一个盲、聋、哑人，竟然坚持不懈地学习，考上了哈佛大学。她坚韧不拔，她超越自我，她顽强拼搏，她自强不息，她有一颗积极、乐观、感于创造奇迹的心。我想，当我再次捧起《假如给我三天光明》这本书时，散发出来的会是缕缕暖阳。

面对爸爸妈妈每天忙碌地上班，没有人陪伴我，我很无聊，而现在我每天不但过得充实，放学后还有大量的书籍使我赏心悦目。书籍带我遨游整个世界，应该过不了多久，书也会成为我生活中不可或缺的一分子。

经常读书，不仅可以增加自己的文化修养，还可以增长大量的知识，不出门，便可知天下事；经常读书，可以增加我们的词汇量，从而写出优美的文章，让人觉得我富有文采；经常读书既可以拓宽视野，又可以提升人生价值，培根先生说过：知识就是力量；经常读书，会使我的心情变得愉悦，读书也是一种休闲，一种娱乐。

也正是因为这些好处，书才让这么多人对它爱不释手，所以我发出感叹：爱一本书，收获一份智慧；爱一本书，启迪一段人生；爱一本书，发挥一番风采。所以有人说道：爱书吧，它是智慧的源泉！

成长的力量

矫睿淇

季节的风拂过每一段流年，带着光阴的细碎与美好，拖着时光轻盈的步伐。曾经读过的每一本书，书中的每一句话犹如那首首难忘的歌，时刻萦绕在耳畔，永恒地停驻在记忆的河流，那是我心中最明亮而闪耀的光。

记得在那个草长莺飞、杨柳醉春烟的春日，我和妈妈在星海广场游玩。玩至正酣，忽见一位捡拾废品的老奶奶不慎被道牙石绊倒，那弱小的身躯斜倒在路旁，瓶瓶罐罐撒了一地。妈妈放下我马上跑过去，拉着老奶奶满是污渍的双手，帮她拍去身上的尘土，没有半点嫌弃。见老奶奶没有什么大碍，妈妈忙喊我将散落的瓶瓶罐罐装回袋子。望着奶奶离去的背影以及平日里妈妈对长辈们的好，让我想起书中"老吾老以及人之老，幼吾幼以及人之幼"的句子，这就是圣贤书里说的"仁爱"吧。

记得在那个蝉噪林静、接天莲叶映日荷的夏日，爸爸接我放学，当时天很热，很羡慕小朋友手中的雪糕，谁知爸爸主动对我说："小朋友，来根雪糕怎么样？"我开心得不得了，小心思早被爸爸看透了。从超市出来，还没来得及将雪糕送到嘴里，我拽着爸爸的手说："爸爸，你知道吗，阿姨少收了我们一块钱！"听到这里，爸爸皱起了眉头，告诉我不能占别人便宜，随后将钱退还给售货员阿姨。吃着雪糕，我想起孔子说过"人而无信，不知其可也"，这应该就是"诚信"吧。

记得在那个秋风起兮雁南归、黄叶满地菊满头的秋日，校运动会又如期而至。站上 800 米跑道，发令枪响，我拼尽全力冲了出去，风儿吹起了我的长发，看着操场上飘扬的彩旗，听着同学们助威的呐喊，双臂也不由自主地加快了频率，终点越来越近，不想重心失衡，一下摔倒在跑道上。血从隐隐作痛的伤口渗出，泪水在眼圈里打转儿，沮丧和懊恼涌上心头。"睿淇，要坚强啊！"耳边传来老师那熟悉的声音，我忍痛坚持到终点！此时我想起黄檗禅师"不经一番彻骨寒，怎得梅花扑鼻香"的诗句，这应该就是书中"鹰击长空、扬帆沧海"的拼搏精神吧。

记得在那个雪晴云淡日光寒的冬日，恰逢农历新年，爸妈按惯例带我去拜访亲朋，期间孩子的学习是必谈的。因期末成绩不错，我想爸妈必定会在亲友面前表扬我一番，谁知爸妈只是轻描淡写地说了一句。回家的路上，我问爸爸为什么不直接说我考得很好呢，那样别人多羡慕呀！爸爸对我说："这次成绩只是代表你前期的知识掌握得比较扎实，今后学习的路还很长，要谦虚、低调，做人也是一样的。"爸爸的话让我想起书中"虚心竹有低头叶，傲骨梅无仰面花"的句子，这应该就是先贤口中的"谦逊"吧。

当下新冠肺炎疫情正在全球肆虐，人类生命安全和健康面临重大威胁。在中国，我们有全心全意为人民谋福利、为中华民族谋复兴的中国共产党，有中国共产党领导下的最美逆行者，他们用生命来守护生命，用大爱托起希望。八十多岁的钟南山爷爷义无反顾登上去往疫区的高铁。无数"90后"医护人员，脸上道道勒痕依然改变不了他们笑脸背后的坚强与勇敢。还有无数为了人民利益而舍生忘死的人们，他们都是中华民族的脊梁，是"苟利国家生死以，岂因祸福避趋之"的真实写照，我想这就是"忠义"吧。

生命的河流随着时间在缓缓流淌，唯有浓情书香才能浸润成长的力量，恰逢两个百年未有之大变局；恰逢同学少年，风华正茂；恰逢我泱泱中华赶超时代风头正劲，我们要牢记习爷爷对我们的殷切希望，增强做中国人的志气、骨气、底气，不负时代、不负韶华、不负党和人民的殷切期望。

侯家独传之《奇怪的字》

侯高博远

我有一个非常重要的本子,上面密密麻麻地记录着我研究的生僻字。我研究生僻字已经有 5 个月的时间了,要问我为什么研究生僻字,这还要追溯到我的"吃货"老妈那儿。

今年五月份的时候我妈带我们去山西玩。我喜欢和我妈一起做旅游攻略,我妈妈对各地的美食情有独钟,她说这叫感受传统文化。

她给我推荐了一种面,叫鳖鳖面。说到这面,我妈眉飞色舞,而我对这面倒是没啥兴趣,但是对这个"鳖"字非常感兴趣。我妈说这个字有 50 多画,我半信半疑地掏出我那小小的学生新华字典想一查究竟,结果连 biáng 这个拼音都没有!我怀疑我妈是为了向我宣传这个面而夸张或者杜撰了这个字!

于是我们一起在网上搜,果真见到了这个字的真面目,这让我十分惊讶,世界上真有笔画这么多的字? 此时的我甚至以为这个 biáng 字是笔画最多的字——当然后来通过我自己的考查和研究，很快推翻了我当时的结论。

我要学写这个笔画最多的䲜字，我仔仔细细看了它的结构和笔画，发现他并不是 50 多画，是 46 画。我们在搜䲜字的时候，我看到了更多奇奇怪怪、笔画繁多的字，虽然我妈说这些都是繁体字，已经被现代汉字替代了。但我对这种不常见的、我的小字典里没有的生僻字产生了浓厚的兴趣。我把这些字都抄写在前面提到的那个本子上，封皮上写了八个大字：侯家独传——奇怪的字！从此开始了我的生僻字研究之路。

我先照着电脑把它们的形抄下来，再根据它们的形去找读音释义。比如，朤字，我就在网上输入"四个月念什么？"有时候很幸运，一下子就能找到。因为这种字可以通过拼音输入法直接敲出来。这种时刻我都特别激动，也很有成就感。因为我总要用我妈的电脑查字，我妈就特别不理解，问我干这个事有什么意思么。我说我要出一本《侯家独传——奇怪的字》。

很快，我发现电脑不是万能的，随着研究的深入，很多字在电脑里敲不出来，找不到，妈妈就让我去家里的《辞源》《辞海》里寻找答案，也没有找到。我在不断搜字的过程中发现，很多释义里都提到一本书——《汉语大字典》——能收录电脑上查不到的生僻字。比如网上说，新版的《汉语大字典》里收录了由几个繁体"龙"字组成的字。我就让妈妈给我买，我们在网上看了很多版本，不知道该怎么选择，再加上价格比较贵，妈妈迟迟不给我买！我心里很着急。

　　第二天上午妈妈送我去上围棋课，神秘兮兮地跟我说，中午会有个惊喜。我心里只想着我的《汉语大字典》，对什么都提不起兴趣。中午妈妈来接我的时候，我刚一上车，妈妈就让我看看旁边是什么？我一看，哇！竟然是好几本大部头的书，它们是《汉语大字典》（袖珍本）、《康熙字典》和《章太炎说文解字授课笔记》。我特别惊讶，惊讶得都忘记笑了！这是妈妈从学校图书馆借的，我说："能不能一直续借？无限期地续借？"这几本书的到来让我如虎添翼，我的生僻字研究进展得十分顺利。

　　我还把《汉语大字典》带到学校，同学们非常好奇，还有点羡慕，尤其和我们的《新编小学生字典》一对比，哈哈，天壤之别！课间的时候，有很多同学和我一起看我的《汉语大字典》，大家都对笔画多的字感兴趣！在同学们的央求下，我还让他们欣赏了我那本《奇怪的字》，有人还饶有兴趣地照着抄呢。《汉语大字典》成了我最爱的课外书。每天我都要用它查几个字。

　　《汉语大字典》没有音序查字法，只有部首查字法，这点不太好，但我很快就找到了原因。因为里面很多字是音未详。这些字也有一些特点，大部分都是形声字，左边是形，右面是声。在现代汉语中，这些字基本不用了，但它们会出现在很多文言文中。我从小就喜欢看历史书，最喜欢《明朝那些事儿》，那时候我想写一本有关东晋十六国的书；我还喜欢看古文，比如《随园食单》《徐霞客游记》等中华书局出版的所有的书，那时候我想成为一个专门研究古书的学者；现在我喜欢研究生僻字，最喜欢《汉语大字典》和《康熙字典》，我十分渴望拥有这两本书，它们会伴我一生。

我跟妈妈说我以后要当一个语言学家博士后，我要一直研究这些字，因为在现代这些字不常用了，我很怕它们失传。我要把我这本《奇怪的字》集结出书，以后再有小朋友对生僻字感兴趣，看我这一本《侯家独传——奇怪的字》就可以了！

书香伴我成长

游茵茵

高尔基曾说过"书是人类进步的阶梯"。我非常认同这个说法，因为我确实亲身体验到了书本带给我的知识和乐趣，也让我明白了"书中自有黄金屋"的意思。

小时候的我顽皮、玩心重，每次母亲说："茵茵呀，来读书吧"，我都会噘着嘴无奈地说："好吧……"我迈着沉重的步伐走进了书房，拿起一本书，读了起来，不到半个小时，我便不耐烦地扔下了书，跑去客厅里玩了……

母亲正在厨房里做饭，问道："茵茵呀，你在读书吗？"我听到这句话时便丢下手里的玩具"叮叮当当"地跑回书房里，假装认真地读了起来，嘴里还小声嘟囔着书里的内容。在厨房里的妈妈听到"叮叮当当"的声音后无奈地叹了口气，说道："这傻丫头，以为母亲听不见吗？"

过了一会儿，我见母亲没来，又跑去客厅玩了起来。但倒霉的是我出来玩不到 10 分钟，突然看见一个长长的阴影站在我身后，我不敢抬头看，怕那人是母亲。最后还是鼓起了勇气抬头看了看，果然是母亲。母亲见我看到了她，笑了笑，但是我觉得这有点笑里藏刀啊，还没等母亲说话我就赶紧溜回去读书。

长大后，一个周日的中午，阳光洒落在房间，到处都是慵懒的味道，我有些困意地靠在沙发上，手边有一本书《余生，做一个自带光芒的女子》，我拿起来翻看几页，"我们曾如此渴望命运的波澜，到最后才发现，人生最曼妙的风景，竟是内心的淡定和从容"，杨绛先生的话语竟在我耳边低吟，在心灵的一个角落重重地敲打了一下。我一页一页翻看下去，感觉到累时抬起头，时间竟然已经过了 1 个小时，我第一次感觉原来读书的时间过得这么快！

这之后的每天，放学一回到家，我就打开这本书，虽然书中有些内容我还不是很理解，可是我一边读着，一边思考，竟也有些感触，这让我十分开心和满足。

直到现在，我读过的书已经可以摞成高高的两排，在这里我看到了很多生活的酸甜苦辣，体验到精彩的别样人生，感叹世界的美丽和多彩，也惊叹作家的文笔丰美和天马行空的想象力，我在读万卷书中，积累自己行万里路的本领。书香伴我成长！

书香童年

邓智文

　　童年里最惬意的事，莫过于伴着和煦的微风，捧着心爱的书，呼吸书香，细细品味，慢慢琢磨。

　　多读书，诵经典，是个人成才的需要，也是人类文明传承和发展的需要。习爷爷曾教导我们，要像海绵吸水一样学习知识；要多背诵一些优秀古诗词，长大以后才能文思泉涌；要留住历史根脉，传承中华文明。

　　在校园里，每日清晨铿锵有力、气宇轩昂的诵读声，乘着阳光与和风，传至远方。读国学经典，学圣贤读书，书声不绝于耳，书香溢满校园，这早已是我们七十九中小学部一道亮丽的风景。

　　在我家里，有一本特别的三字经——《示宪儿》。我贪玩不爱读书，妈妈给我讲"勤读书""戒游戏"，也坚持陪我亲子共读；我胆小不敢认错，爸爸给我讲"毋说谎，毋贪利"，和我一起把打坏的窗户修好……

从爸妈的讲述中，我知道这就是《王阳明家训》——慈父对幼子的期许。从孟母三迁到岳母刺字，家风是父母的谆谆教诲，更是日复一日的躬身垂范。

如今我渐渐明白，原来，"节饮食"就是妈妈每天坚持的光盘，"心地好"就是爸爸挂在嘴边的社会主义核心价值观。

最是书香能致远，腹有诗书气自华。读书让我从一个懵然无知的小孩子，变成一个对世界有了一点认知、开始学着独立思考的少年。我想让读书成为一生的习惯。